LOVE & SYSTEMS

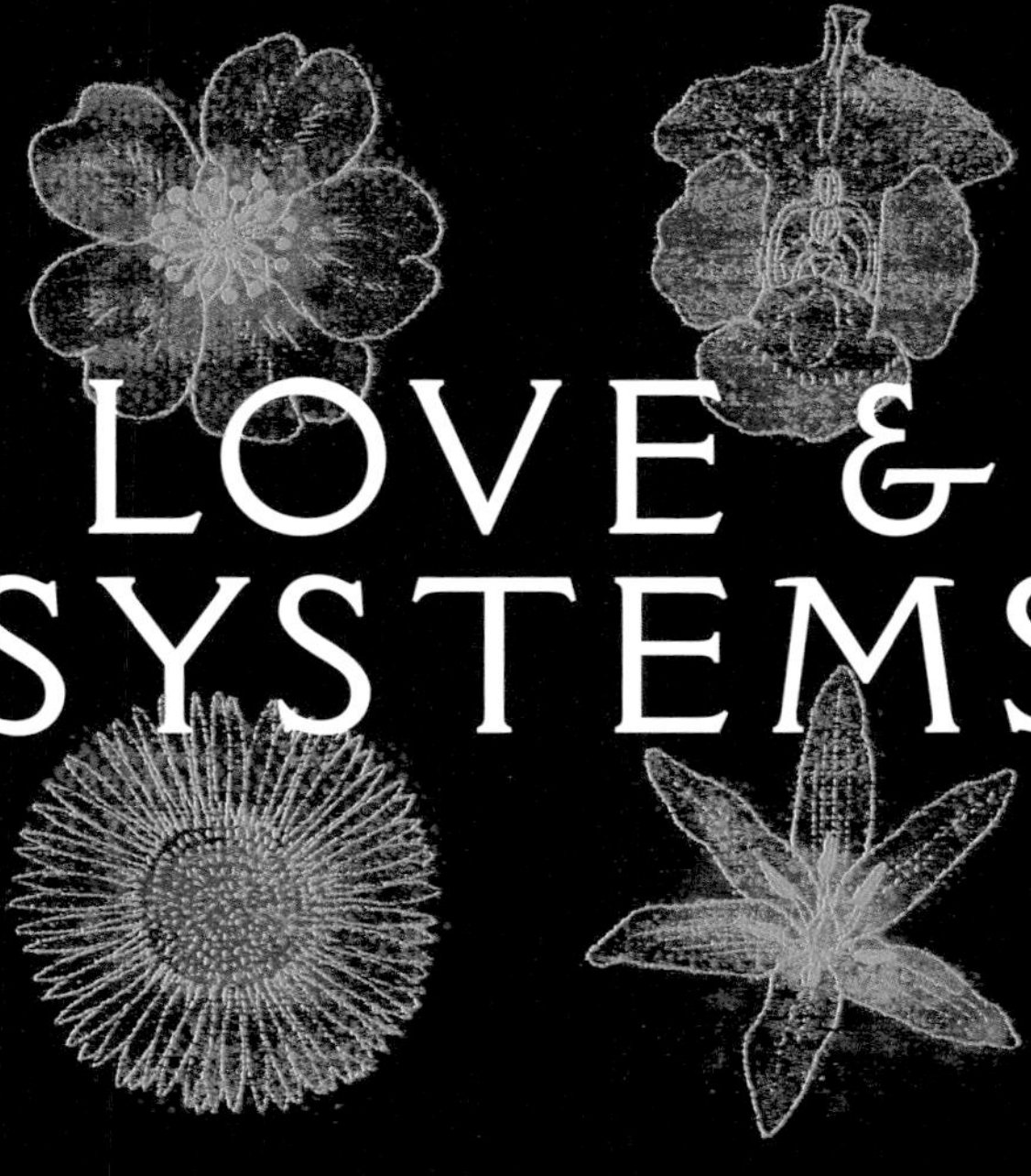

中島たい子

Nakajima Taiko

幻冬舎

LOVE & SYSTEMS

装幀　宮口　瑚
装画　ミツミマリ

目次

アマナ　5
トレニア　43
ナコの木　83
ヒメジョオン　125

アマナ

案内されて、ヤマノのムスメがホテルの最上階の一室に遠慮がちに入ると、先に到着していた数人の異国人が、いっせいに彼女の方を向いた。彼らの後ろは一面の窓で、同じように背の高い摩天楼が視界いっぱいに広がっている。ヤマノにとっては幼い頃から見慣れている風景だが、今日は自分の方が異国に来たような気分だ。すでに、カメラや照明の機材がソファーを囲むようにセッティングされていて、そこに座るのかと思うと、さらに緊張してきた。

「ヤマノさんですね。お待ちしていました」

黒髪の男性が、ヤマノに微笑《ほほえ》みかけながら歩み寄ってきた。発音にややクセはあるが流暢《りゅうちょう》にN国語を話し、東洋系の血も混じっているのか、肌も他の者より浅黒い。ヤマノにしてみれば、インタビューを受けるというだけで非日常的な出来事であるのに、相手がF国、つまり異国のメディアだと聞いて、昨夜から食事もろくに喉を通らなかったのは無理もない。

「私が電話でお話しした記者のロウドです」

けれど、金茶の瞳を除けば、どこか親しみをもてるロウドの顔を見て、肩の力が少し抜けたのをヤマノは感じた。国外の人間と初めて接触するヤマノが脅えないよう、そのような人材を選んでよこしたのかもしれない。

「ヤマノです。よろしくお願いいたします」

「こちらはカメラマンのエリモア」

亜麻色の髪を巻貝のように結い上げた白い肌の女性を、ロウドがヤマノに紹介した。来月で二十四歳になるヤマノとさして歳《とし》は違わないと思われるカメラマンの女性は、ニコッとヤマノに笑いかけて、F語で何か言った。ヤマノも会釈を返したが、女性のカメラマンなど目にするのは初めてで、思わず上から下までじっくりと見てしまった。エリモアはカメラを片手に笑みを湛《たた》えたまま、ヤマノにソファーに座るように指し示す。ロウドもエリモアも背が高くて、絵画から出てきたかのように美しく、なのにカメラは自分に向けられていて、華奢《きゃしゃ》で十代にも見えるヤマノは、恥ずかしさにうつむきながら腰掛けた。

「ヤマノさん。あなたの国でも、名前は一つなんですね」

向かいの椅子にロウドも腰を下ろし、自動温度調整機能付きグラスに入った冷たい紅茶が運ばれてきた。

「私の名前も『ロウド』それだけです。ファミリーネームは持ちません。でも逆に、あなたたちはそれしかお持ちにならない？」

インタビューはもう始まっているようだった。

「はい。女性だけが結婚すると名前が変わります」

ヤマノはロウドの目を見てうなずく。

「個人名がなくて家族全員が同名なら、家の中ではなんと呼びあっているのですか？」

「生まれた順に女ならチョージョ、ジジョ、サンジョ、男はチョーナン、ジナンと。一人っ子の場合はムスメ、ムスコ。私はチチとハハに『ムスメ』と呼ばれています」

「当然、お父様もお母様も名前はない？」

「チチはハハをツマと呼び、ハハはチチをオットと呼びます。私も来年結婚が決まっていて、モリカワのツマになります」

「結婚する相手が、もう決まっているのですね。それは『家族庁』が選んだ男性だと思いますが。その人には、お会いになったのですか？」

「いえ、まだです。来月の結納の日に初めて会います」

ロウドは金色の目でヤマノを見つめ、少し間を置いた。

「相手が、どんな男性でも、結婚するんですね？」

ヤマノは質問に驚いたように返した。

「ええ。あたりまえです」

その表情を逃がすまいと、エリモアがシャッターを切る電子音が立て続けに鳴る。ロウドも黙ってしまい、何か変なことを言っただろうかとヤマノは不安になった。やはり、断った方がよかったのだ。だいたい、なぜ異国のメディアから突然自分のところにインタビューの依頼が来たのか、そのこと自体が謎だ。どうして自分なのかと聞くと、世界で読まれているあの『ＡＧＥ《エイジ》』誌の記者だと名乗るロウドは、電話の向こうで答えた。

「私たちの国、Ｆ国とは対照的な社会制度によって繁栄しているＮ国の実態をレポートして、世界に紹介するのが今回の取材の目的です。しかし、あなたの国で一般人を取材するには色々と規制があって、国が推薦する人ならば速やかに事が運ぶのです」

取り立てて優秀でもない成績でＴＭＡ（ツマ育成大学）を卒業し、来年家族庁が選んだ男性とごく普通に結婚する自分を、なぜ国は推薦したのだろう。結婚してオットの仕事に貢献してからなら、まだ話はわかるが……。飾り気のない紺のワンピースを着て困惑した表情を浮かべている自分を、大きなドレッサーの鏡の中に見つけると、ロウドもチラッと鏡に目をやって、また質問した。

「お化粧は、なさらないのですか？」

「まだ必要ないので。結婚したらオットと子供の行事などに合わせてするようになると思います」

「今、自分のためにはしない？」

「必要がないので」

「……話は戻りますが。一生をともにする男性を、自分で選べないことに疑問は感じないのですか？」

ヤマノはフッと笑ってしまった。異国の人間に直《じか》に会うのは初めてだけれど、彼らがN国のことをどう思っているかは、テレビや映画などを見て知っている。異国映画に出てくるN国はたいてい酷《ひど》く誇張されていて、女が働いていないというだけで原始の国か、独裁政治国家のように描かれていることもある。そこまで誤っているとバカらしくて怒る気もしない。そのように、他国の人間がいかにも口にするような典型的な質問がふられたので、つい笑ってしまったのだ。

「その前に逆に質問したいのですが、あなたの国のように、自分で選べば、正しい相手が必ず見つかるのですか？」

ヤマノはロウドに返した。ロウドはその質問に大きく目を見開いた。彼の口元にも笑みが浮かんでいる。ヤマノは続けた。

「国の専門機関が、個人の性格や能力や、それまで経験したことなどを分析して、自分にふさわしい相手を選んでくれるのです。八十年近く、N国民は国が選んだ相手と暮らして家族を作ってきました。この制度が続いていることが、皆が幸せであるということを証明していると思います。昔は、私たちの国にも恋愛結婚というものがあり、自分たちで相手を選んでいたそうですが、社会が複雑になるにしたがって婚姻率は下がり、人口の減少が止まらなかったといいます。国がなくなりかけたその頃と比べたら、今のN国は繁栄していて健康的だと思いますが」

ロウドは腕を組み、一言も聞き逃すまいという表情でヤマノの話に耳を傾けていたが、少しやわらかい口調で聞いた。

「男性を好きになったりはしないのですか？」

「もちろん、好きになります。あたりまえです」

ヤマノは偽りのない気持ちを表して微笑んだが、きっぱりと返した。

「でも『好きな人』と、『結婚する人』は違います」

再びカメラのシャッター音が激しくなり、ヤマノは自分の表情が読まれていることがわかってきて頬が熱くなるのを感じた。ロウドもカメラと同じくヤマノから視線を外《はず》さない。

「好きな人のために、きれいになりたい、お化粧をしたいとは思わないのですか？」

「たぶん……」

ヤマノは、火照《ほて》る頬に手をやって考えた。どうやったら自分たちのこの感覚を、誤解されないで他の国の人たちに伝えられるか……。ロウドは少し目を細め、包み込むような温かい表情でヤマノを見ている。部屋に入るまでは人形のように硬くなっていたのに、今は自分がこのインタビューを楽しみ始めていることにヤマノは気づいた。

「たぶん、かなり薄いんです。恋愛に対して抱く感情が。あなた方よりも。それよりも私たちは、家族や親族という集団に抱く愛情の方が強くて深い。家族主義の制度になって、よりそうなったのかもしれませんが、もともとそういう素質、ＤＮＡを持っていた民族なんだと思います」

ヤマノは懸命に考える。彼に少しでもわかってもらえるようにと。

「ロウドさんは犬が好きですか？」

「ええ」

「飼いたいと思いますか？」

「私の国でも犬は絶滅危惧種ですから、個人では飼えません」

「飼えないのに、何で好きなんですか？」

「映像や動物園で見て、かわいいなと思うからです」

「だったら、どうにかして飼おうと思いませんか？」

「それは無理だし、そこまで好きかと言われれば。うまく飼えるかもわからないし」

「動物にたとえるのもなんですが、国が選んだ結婚相手以外の男性に持つ感情は、そのぐらいのものです。素敵だな、好きだな、とは思うけれど、制度をやぶってまでつきあったり結婚しようと思うほどの情熱は持てない。でも、家族のためには積極的になれます。自分の身を犠牲にしてもかまわない。チチ、ハハ、オット、子供のためなら何でもします。どんな厚化粧でも必要ならします」

ロウドは笑った。

「素晴らしいですね、あなたは。聡明で面白い。さすが国が推薦してきた人だけある」

ヤマノの頬はさらに赤くなり、止まっていたカメラのシャッター音がまた室内に響いた。

「男性のように、職業につきたいと思ったことはありませんか？」

グラスから紅茶を飲んで、少し火照りが冷めるとヤマノはうなずいた。

「ないです。結婚すればオットの仕事を間接的にサポートすることになりますし、子育て、家族、親族の世話という仕事もあります」

その成果次第で、オットの会社や国から、ツマにも報酬が出る。

「オットが良い仕事をすれば、会社から私にも報奨金が出ます。子供が健康に育ち、きちんと学校に行っていれば、それに見合った金額が税金から引かれたり、自分の物を買うぐらいのお金が月々国から支払われるので、男性のように働いているのと変わりありません」

ヤマノは間を与えず、ロウドの目を見てきっぱり述べた。

「女性は、元来そのような形で働くのが合っているのだと思います」

それに対してやんわりと彼は意見を返す。

「私の国では、女性も男性と同じように職業を持って働いていますが、何ら違いも、問題もありませんよ」

「あなたの国の女性は、その生き方が合っているのでしょう」

ヤマノは目を伏せた。生き方。自分の口からそんな言葉が出てくるなんて驚きだ。このような話は、大学の友人とだってしたことがない。

「男性に生まれたかったと思ったことは？」

ヤマノは眉間にしわを寄せた。

「それは……私の国では男性の方が良い条件にあるという前提でしている質問ですよね」

ソファーの背に少しもたれてロウドは首を横に振った。

「いえ。ただ、そう思ったことはないか、と聞いてるだけです」

ヤマノは黙っていたが返した。

「では、聞きます。あなたは、もう少しまともな容姿で生まれたかったと思いますか？」

ロウドの整った顔が固まった。

「あなたも自分が醜いとは思ったことはないでしょう。私も自分が不幸だと思ったことはありません」

金茶の瞳がヤマノを貫くように見据えた。

「わかりました。ちゃんと回答になっています」

彼の口元に再び笑みが浮かび、自らの強気な発言に一番びっくりしていたヤマノはホッとした。

同時にシャッター音が止《や》んで、

「キレイ」

ファインダーから顔を上げたエリモアは被写体の彼女に片目をつぶった。


季節を先どりして、芝生や樹木の上には人工雪が早々と積もらせてあり、ホテルの庭は、照明に照らされた舞台のようにそこだけが白々と浮かび上がっていた。とはいえ、遊歩道の上にまで雪を撒《ま》くほどのリアリティーはない。ヤマノは本物の雪を見たことはないけれど、もし本物だったらワンピースにパンプスという姿で、このようにのんびり散歩なんてできないことは知っていた。

「もし一番高い山に、登ることができれば」

ヤマノが、あなたの国では本物の雪が見られますか？　と聞くと、ロウドは答えた。N国に比べて国土が広く「本物の自然」が比較的多く残っているように思えるF国でも、雪を見るのは難しそうだ。たとえそのような地域がわずかに残っていても、厳重に管理されているのは他の国の例と違わず、N国と同様「人工的に造られた自然」しか、一般には目にすることがないという。

「断られるかと、思いました」

ロウドは横目で、チラッとヤマノの顔を見る。インタビューが終わり、帰るヤマノを送りに一緒に部屋を出たロウドは、疲れていなければ少し外を歩きませんかと、まだ興奮が冷めきっていない表情の彼女を誘った。

「色々と失礼なことを聞いたので。すみません。仕事なので」

長い足のロウドに歩調を合わせながら、ヤマノはうなずいた。

「私も、変なことを色々と言ってしまって」

N国の女はやっぱり変だと、他国に広まってしまったらどうしよう。もう一度インタビューをやりなおしたい気分だけれど、それでも同じことしか言えないのだろう。ヤマノは大きく息をついた。言ってしまったことは、もうしょうがない。それよりも、こうやって異国の人と話すなんて一生に一度あるかないかの経験だ。こちらも噂に名高いF国のことを聞いてみたいと、相手を見上げた。

「あの、あなたも親と離されて育ったんですか?」

ロウドは足を止めて、ヤマノを見た。少女のようなあどけなさを残している漆黒の瞳。口調はやや非難めいてはいるが、その顔は好奇心という色を隠しきれないでいる。こんな無防備な表情をする女は、F国にはまずいない、とロウドは思う。

「答えはイエスですが、私の国では、みんなで子供を育てるのです。『みんな』の中には、もちろん産んだ親も入っています。確かに子供は生まれた時から集団で育ちます。女性には仕事がありますから、産んだらすぐに仕事に戻るのです」

Ｆ国に結婚制度はないと、ロウドは繰り返して説明した。男と女が愛しあって子供ができたら、その子は生まれた日から、親が住んでいる町や市が運営、管理している『エコリシテ』の中で育てられる。教育施設である『エコリシテ』は、それ自体が一つの街になっていて、犯罪や事故から隔離された安全区域の中で、子供たちは子育てを仕事にしているプロの人間によって愛情をもって、成人になるまで育てられるのだ。もちろん、産んだ親も子供に会いに行くし、週末は一緒に過ごしたりもする。

「両親とは今も一緒に食事に行ったりしますよ。話も合うし、大好きですから。ぼくのチチは新聞社に勤めていて、ハハは税理士」

ロウドは、ヤマノの興味を引こうとして、勉強したばかりの「Ｎ国の常識」と相対するものをわざと例に出す。

「でも、ハハが作ったものは一度も食べたことがない。ハハがシェフならば話は別ですが」

はあ、とヤマノは目を丸くする。

「ぼくたちに『ドブロクノアジ』はないのです」

「『オフクロノアジ』です」

ロウドが苦笑いすると、ヤマノはクスッと笑った。Ｆ国の女だったら大笑いするか、大した間違いではないと真面目に慰めてくるだろう。ヤマノは込みあげる笑いを必死でこらえている。その反応がロウドには新鮮で、かわいらしい口に手をやっている、童話に出てくる妖精みたいな女性をしばらく見つめた。笑いがおさまると、彼女は言った。

「私も、あなたの国を誤解していたみたいですね。子供は親から離されて、工場のような施設でロボットを作るみたいに育てられているイメージを持っていました」

「映画で誇張されて描かれたりしてますからね。エコリシテは素敵な場所ですよ。愛情に包まれていて、里帰りすると心からホッとします。F国の成人は皆、子供がいてもいなくても収入の半分をエコリシテに納める義務がありますから、お金という形で子供たちに愛情を注いでいるわけで、言うなれば国民全員が親なのです」

ゆっくりと歩き出すロウドと並んで、ヤマノは思考した。子供を自分で育てないなんて無責任な国だと思っていたけれど、収入の半分を皆が支払っているとなると、そうも言えなくなってくる。子供を育てるために国民全員が頑張って働いている国とも言える。

「でも……やはり子供は、そばにいてくれる自分だけのチチやハハが必要なのではないでしょうか」

ヤマノはロウドを上目遣いに見た。

「それは、ぼくにはわからない。両方を体験していれば、どちらの方が良いと言えるかもしれませんが。そればかりは……」

言いかけてロウドは、ふと、何か忘れていることがあるような、どこか懐かしい感覚をおぼえ、黙った。が、特に浮かんでくるものもなくその感覚はすぐに消えてしまった。

ホテルの別館へと続いているらしい遊歩道を進んで行くと、小さなドームの形をしたガラス張りの建物が木々の間に現れ、二人の足は導かれるままに、そちらに向かった。磨《す》りガラスの向こうに花や植物の鉢が並んでいるのがぼんやりと見える。N国人サイズの入口に頭をぶつけないようロウドは背中をまるめ、ヤマノと一緒に温度と湿度の高さを肌に感じるグリーンハウスの中に足を踏み入れた。とたん、センサーが反応して、どこからか録音された音声が流れてきた。ここで育てられている花々は、バイオテクノロジーで作られた人工花ではなく、野生の植物から株分けして代々増やしてきた貴重なものであると説明があり、「当ホテルで挙式をあげられる方には、これらの花を一部使用してウェディング・ブーケをお作りします」と自慢げに宣伝をすると音声は止まった。

「なんて贅沢」

白、淡い黄、薄紫の花々は、人工のそれに比べれば地味で、造作もひかえめであるけれど、凛《りん》とした芯の強さのようなものが感じられる。ヤマノは誘われるように手をのばしかけたが、『お手を触れないでください』と掲示があるのに気づき、手を引っ込めた。

「野生の花をブーケに？　もったいない！」

ロウドは信じられないという表情で、首を横に振っている。

「でも、結婚式は女性にとって最も大事な行事ですから。結婚式からその女性の人生が本格的に始まるんです」

それまでは、将来のオットや子供のために、何でもできる人間になれるよう準備をする期間なのです。ロウドは自発的に語る彼女にうなずき、外に連れ出してやはり正解だったと、確信していた。先ほどのインタビューでは、ロウドも舌をまくほど彼女は賢く、N国人の女性として非の打ち所がないこともわかったが、必ずしも、その言葉だけを信じてはいけない。このようにリラックスさせてしゃべらせれば、心の底に隠しているものも出してくるかもしれない。

「じゃあ、ヤマノさんも、結婚するのを楽しみにされているんですね。早く会いたいでしょう？未来のオットに」

ロウドは明るい口調で彼女に問いかけた。ヤマノはロウドの方を向いて、ええ、と返そうとした。したけれど、その琥珀《こはく》のように輝く瞳に再び捕らわれてしまったとたん、言葉が出なくなってしまった。どうしたのだろう。ヤマノは喉に何かが詰まったように感じながら、どうにか声を出した。

「そうですね」

その声は小さかった。

「式はこのような豪華なホテルでやるのですか？」

私が結婚する相手は標準的な収入なので、それはないと思いますとヤマノは返す。小さな石のベンチをロウドが指して、二人はそこに並んで腰掛けた。足の長い彼が座ると子供の椅子のようで、ヤマノは微笑んだ。

「あなたは、ここにある花と同じ、純血種ですね。ぼくは、見てのとおり色々な国の血が混じっています。N国語を勉強したのも、DNAを調べたらその血が少し入ってるとわかり、興味を持ったからです」

ロウドもヤマノに微笑み返した。

「F国が今の社会制度を作って、国が新しく生まれ変わった時、賛同した人が世界中から移住してきたそうです。その中にN国の血が混じっている人もいたのでしょう」

「そうなんですか。大学でF国のことも習いましたが……」

授業では「婚姻制度を初めて廃止した国」とだけしか教わらず、その革新的な制度改革によって、

F国がおそるべき経済成長を遂げたという話は語られることがない。一世紀ほど前から、世界的に人口の減少は危機的状況にあったが、新生F国だけが改革後、みるみる人口を増やし、生産力でも経済力でも他国を抜いて、一躍世界一位の国力のある国になった、という事実も。

「婚姻制度の廃止、子供はエコリシテで育てるというシステムができて、女性の労働力は男性と同等になり、また経済的なことを考えずに産めるようになって、子供を作るカップルが増えた。あなたの国とは違う形で出生率を上げたのです」

対して他の国々は焦り始めた。ただでさえ人口が少ないのに、繁栄しているF国へと、移り住む者があとを絶たなかったからだ。そこで他の国もF国を追うように婚姻制度を廃止したり、子育てプログラムを作ったりした。しかし、最も危機を感じた小さな島国、N国は、その風潮に対抗するかのように、F国とは真逆な制度改革に走った。それは適齢期の男女全てに、国が適当な相手をマッチングして、結婚を促し、婚姻率、出生率を上げるという、F国に負けていない、大胆な方策だった。当初は個人の意思を侵害する横暴な制度であると内外から非難されたが、国の方針は堅く、国民も切迫した状況から次第に受け入れ始め、制度は結果定着した。専業主婦が優遇されることから職を持つ女性も減少し、見事に人口も増えて、現在もそれを維持している。ロウドはヤマノを見て、あなたの国はF国の出現に慌てて、今の制度を作ったのですよ、と思いながらも口にはしなかった。代わりに彼は言った。

「色々な国がありますが、人間に変わりはない。そう思いませんか？」

今は反感を持たせるより、親しみを感じさせなくてはいけない。

「そうですね、本当にそう思います。人は皆同じです」

ロウドに見つめられて、ヤマノは目を逸《そ》らす。

「あなたに会うまでは、そのように考えたことはなかったですが」

彼女は立ち上がり、白い花をつけた鉢に近づいた。その後ろ姿にロウドは聞いた。

「他国の人間と、自分たちとは違うと？」

だって、とヤマノは振り向いた。今まで経験したことがない感情に戸惑っている彼女の表情を見て、ロウドは自分の「任務」が非常に重いものであることを、改めて自覚した。N国にとっても、目の前にいる来年に結婚を控えた女性にとっても、そして自分にとっても。出される結果によっては国をも揺るがす展開になる。もし、ヤマノが「自分の国を裏切る素質がある」という結果が出たら……。

「だって、少ない情報の中で、想像がつかないじゃないですか」

語尾は弱く消えそうな声だった。

「ええ、わかります」

ロウドも立ち上がった。ヤマノはロウドに寄ってきて、誰かに聞かれては困るかのように声をひそめる。

「あなたの国のことを、もっと聞きたいです」

「では、良い話ばかりしたので、悪い話もしましょう」

ここは慎重にならないといけない。ロウドは素早く判断して、友人コオンのことを例に語った。

コオンはF国での最高学歴を持ち、政府の研究機関で働いている。優秀な彼には同じく優秀な恋人もいる。婚姻制度がないことも要因なのかF国の恋愛は非常に自由だ。恋愛に対してフットワークが軽い。ちょっと気になる相手とはすぐにつきあう。情熱が冷めればすぐに別れる。同時に複数の異性とつきあうことも珍しくないし、それに対しては男女ともに寛容だ。一緒に暮らしているカップルもいるが、長く続くのが良い、という概念もない。

「コオンは優秀な人間なので、女性はみんなつきあいたがる。だからひっきりなしに恋人がいます」

けれど、彼の子供を産むと、さっさと女性たちは彼のもとを離れるという。要は彼の優秀なDNAが欲しいだけ。

「たとえ自分で育てなくても、子供が社会の優秀な働き手になるということは親の誇りですから」

おそらく、とロウドはまとめた。

「彼は多くの女性とつきあっているけれど、一人として深い関係を築いたことはない。F国にはそのような人間が多いのです」

と言う彼の目が寂しそうに見えるのは、私の思い込みだろうかとヤマノが思っていると、回答を与えるように、

「ぼくもその一人です」

ロウドが微笑んだ。その正直な笑みを見て、可哀相に思うのは間違っているとヤマノは撤回した。彼らにとってそれは普通なのだ。寂しそうと思ってしまうのは、自分の概念でものを考えているからだと反省する。

「べつに悪い話だとは思いませんが」

そうですか？　ロウドはヤマノの反応にちょっと驚いている。

「この国では、よっぽどのことがなければ離婚ということはないです。長い時間をかけて伴侶のことを知り、関係を育んでいく」

ロウドはうなずいた。

「全ては家族のために。けれど、その代わりに失うものもあります」

星の形をしている花韮《はなにら》にも似た白い花を見つめ、ヤマノはハハのことを思い出していた。絵を描くのが好きだったハハのことを。

「昨年、ハハを病気で亡くしたのですが、彼女のワードローブを整理していたら、何百枚というスケッチが出てきたんです。非常に才能があると思いました。もし男性に生まれていたら画家としてその道を貫き、多くの人が彼女の絵に感動したと思います」

その白い花に手をのばしかけて、触れてはいけないという言葉を思い出したヤマノは、手を引っ込めた。すると、おもむろにロウドが手をのばして、花を一輪、茎をちぎって摘《つ》み取ると、びっくりしているヤマノの手に握らせた。

「それも悪い話ではない。素敵な話です。お母様の絵をいつか見せてください」

ヤマノは自分の手の中の野生の白い花を見た。胸が締め付けられるような、全身の力が抜けてしまいそうな感覚に襲われた。抑えがきかなくなりそうなこの感情は、なんなのか。

ビーッ、ビーッ、ビーッ、と警報機が鳴り始めて、彼女はハッと顔を上げた。

「まずい、花ドロボーを捕まえに来るぞっ」

ロウドは笑ってヤマノの手をつかみ、グリーンハウスから走り出た。セキュリティーの男がやってくるのが見えて、ロウドは踵《きびす》を返して、逆の方向に遊歩道を走った。彼の手を握ってヤマノは必

死でそれについて行く。曲がりくねっている遊歩道から二人は勢いあまってはみ出して、

「ショートカット！」

白く輝く雪の中にロウドは飛び込んで行った。えっ！　とヤマノが思った時は自分の足も雪の中に沈んでいた。偽物のそれはもちろん冷たくはないが、靴跡はリアルに点々と残される。四つの足が広大な庭を横切り、波打つ白い生地を分断するように線が描かれていくのを、ヤマノは笑って振り返り見る。こんなに思い切り走ったのは久しぶりだ。

「靴に、雪が」

砂浜を歩いているように溶けない雪が容赦なくパンプスに入ってくる。でもヤマノは愉快そうに走り続ける。ロウドが振り返り、もう大丈夫でしょう、とペースをゆるめ、そこから一番近い遊歩道へとあがった。

「砂時計みたい」

脱いだパンプスを傾けると細かい人工雪がサラサラと落ちた。自ら発した「時計」という言葉に笑みが消える。

「大丈夫ですか？」

パンプスを両手に持ち、裸足で遊歩道に立ち尽くしている彼女を、やさしいまなざしで包むようにロウドは見下ろした。二人は見つめあっていた。

「私は……」

ヤマノは、もう決まっている自分の人生を思った。来月に結納、来年の六月に結婚。インタビューでも言ったように人生の本番が始まる。ロウドは黙って彼女の手からパンプスを取ると、彼女の

前に片膝をついてしゃがみ、そろえて置いた。ヤマノはロウドの肩につかまってパンプスを履いた。

「また、会えますか？」

——終わった。ロウドの任務はこの時、終了した。襟の裏にあるマイクロフォンが、今の彼女の発言を録音したはずだ。片膝をついたまま、ロウドは彼女の細い足首を見つめていた。

「そうですね。会えると思います」

ロウドは顔を上げて、ヤマノに返した。彼女は目を伏せた。

「連絡を、ください」

もう充分。それ以上は言わなくていい。ロウドは立ち上がり、ヤマノをうながして本館に戻る道を歩き始めた。

「失礼ですが、お客様」

振り返ると、いつの間にか追いついたセキュリティーの男だった。息荒く、詰め寄ってくる。

「グリーンハウスから花を持って行かれませんでしたか？　野生種なので持ち出すことは禁止されています」

ロウドとヤマノは顔を見合わせた。

「すみません。野生の花とは知らなくて。一輪だけです」

とっさにヤマノはロウドをかばって謝ったが、セキュリティーは彼女の方をチラとも見ない。ロウドが前に出て、

「私が折ったんです。貴重な花だとは知らず。申し訳ない」

謝ると、セキュリティーは彼に聞いた。

「花はどこですか？」

「慌てて飛び出してきたので、落としたみたいです」

ヤマノが説明しても、相変わらずセキュリティーは彼女と目を合わそうとしない。ばかりか、厳しい声で諭した。

「ご主人が、説明なさってください」

ヤマノはハッと気づいた。夫婦ならば、公の場ではオットが主導で発言するのが礼儀だ。

「あの、私たちは夫婦ではありません」

ヤマノが言うと、ようやく相手が彼女を見た。

「どういうことですか？」

「こちらは、異国から来た方で、庭を案内していたんです」

「ああ、異国の方ですか。失礼しました。そういうことならしかたないです。けっこうです」

態度を一変させた彼は、以後は気をつけてください、と言い残すと去って行った。その姿が遠ざかるのを確かめると、ヤマノは後ろ手に隠していたものをロウドに見せた。どこか人工雪と似ている、微《かす》かに透明な白い花。ヤマノは花を見つめ、今のやりとりを自嘲するかのように肩をすくめた。ちょっと悲しげに。そのように感じたのは自分の思い込みだろうかとロウドは思うのだった。

夢見が悪かったのもしょうがない。昨日、自分がやったことは、やはり気分の良いことではなかった。記者であることを隠して企業などに潜入取材をしたことはあるが、その時よりも罪悪感は大きい。たった一人の女性の心をほんの少し探るだけの仕事が、ここまでヘビーだとは……。ロウドはホテルのラウンジから、その騙《だま》した相手と歩いた庭を眺めた。遊歩道を歩いている家族連れがいる。五歳ぐらいの男の子と、七歳ぐらいの女の子、両親は二十代後半だろうか。下の男の子はもう大きいのにハハにべったりだ。猿の子供のようにハハにまとわりついて離れない。ハハも子供を抱きしめ返したり、手を握ったり、しゃがんで目線を合わせたりと根気よくスキンシップをとっている。義務ではなく、それが愛情であるのはロウドにもわかる。興味深くそれを見つめているうちに、胸の奥が温かくなるような、泣きたくなるような気持ちになった。それも今朝に見た夢のせいかもしれない。子供の頃から何度となく見る、同じ夢。

縦横に百台近いベッドが並んでいる、清潔で整然とした工場のように広い部屋。物心ついた時から寝起きしているエコリシテの「寝室」で子供のロウドが目を覚ますと、辺りは暗く、静かで、誰もいない。寝る前に絵本を読んでくれる就寝係の大人もいない。ベッドに寝ている子供も自分だけだ。広い部屋にたった一人で、途方もない孤独感が押し寄せる。夜の闇が怖くて泣きたくなる。しかし、めそめそ泣いたぐらいでは、大人は来てくれないとわかっている。幼すぎる心に芽生える諦《あきら》めの感覚。もし大きな声で泣き叫んで、誰かが来たとしても、朝までずっと横に寄り添って寝てくれることはない。必死で涙がこぼれないように目を大きく開く。すると今度は、いつまでも寝ない子供のところに「砂男」という魔物が現れて、その子の目に砂を投げつけて目を潰してしまうという恐ろしい寝物語を思い出して、慌てて目をつぶる。布団をかぶっておびえながらも、どうしても眠れない。ようやく夜が明けて窓の向こうが白み始め、鳥の声に安堵《あんど》して枕に頭をのせると、夢から目覚める。眠れない夢から目覚める。

この夢のおかげで、ロウドは独り寝が苦手だ。朝起きた時に、誰でもいいから横に人の温もりが欲しいと思う。先月までつきあっていた女性、イルマと別れたのも、彼女が彼が寝ているうちに仕事に出てしまうことが多かったからだ。独りで目覚めた時の孤独感を、結局イルマはわかってくれなかった。わかろうとする努力も見られなかった。ロウドの方も、彼女にベッドをともにしてくれる以上のものを最初から求めてはいなかったが。

庭で写真を撮り始めた家族をロウドは見つめ、あの男の子が寝床で泣けば、ハハは朝まで添い寝をしてくれるのだろうな、と思う。チチもカメラのファインダー越しに、ツマと子供たちをいとおしげに見つめている。ロウドは自分の両親を思い出す。その関係は、物心ついた時から常に対等だった。親は依存する対象ではなく、大きな視点で自分を導いてくれる人で、人生の先輩であったり、教師であったり、カウンセラーといった感じだ。親にしろ、つきあう女性にしろ、一定の距離を保って接するのが、F国では一番心地よい人間関係とされている。が、本当にそれは自分たちで選んでいる距離なのか？　社会の都合でそうなっているだけなのではないか、という疑問をロウドは捨てることができない。だからこそ、繁栄している自国を誇りに思いつつも、一方でこのような対極にある国を積極的に取材している自分がいる。異国の家族と、自分の家族を比較しながら観察を続けていると、

「ロウドさん」

スーツ姿の中年男性が、ボーイに案内されて現れた。初めて家族庁で紹介された時は、いかにも

管理職という感じで、終始事務的な態度を変えることはなかったが、今日はその厳しさがいくらか薄らいでいる。見覚えのある微笑みとともに、家族庁職員の男は丁寧に会釈して、ロウドの向かいに座った。彼にこれから告げなくてはならないことを思うと、気が重かった。本当にヘビーな仕事だ、とロウドは心の中で呟《つぶや》く。

「ヤマノさん」

ロウドは嫌なことは早く片付けてしまいたい思いでさっそく切り出した。

「今回は、積極的に私たちの取材に協力していただき、本当にありがとうございました。N国が素晴らしい国であることを世界に伝える、良い記事が書けそうです」

「ムスメはちゃんとインタビューに対応できましたか?」

ヤマノのチチは、不安の色を目に湛えてロウドを見た。

「しっかりしたお嬢さんです。あまりに聡明で、私の方が言葉が出なくなる場面もありました」

「ならば、よかったですが。それで……調査の結果はどうだったのでしょうか」

ヤマノのチチが一番聞きたいのはそこだろう。ロウドは、襟の裏に忍ばせていた、シャツのボタンと変わらない大きさのマイクロフォン付きレコーダーを、ヤマノのチチの前に置いた。取材規制が厳しいN国で、他国のメディアが自由に動きまわるのはなかなか難しい。一般人に取材するのも政府の許可が必要で、向こうが選んだ人間としか基本的には会わせてもらえない。今回は、家族庁の職員、ヤマノの一人娘を指定してきた。そして取材の規制を特別に緩める条件として、逆に依頼されたことがある。言うなればN国の若者の意識調査だ。政府の海外メディア担当者と一緒に現れたヤマノは、ロウドに説明した。

「最近、結婚を間近に控えた若者が他国に亡命するという事件が、二件続けてありましてね。そのようなことが起きたのは五十年ぶりです。似たような意識を潜在させている若者が、どの程度まで増えているのか、家族庁としては調べなくてはならない。そこで、ごく一般的な二十代の代表のような私のムスメを取材していただき、そのポテンシャルを探っていただきたい」

ロウドは、内密にヤマノのムスメに探りを入れるという仕事を、取材規制緩和の条件と引き換えに、受けたのだった。

「お嬢さんの発言は全てこれに録音されています」

ヤマノのチチはじっとそれを見つめていたが、ロウドに頼んだ。

「あなたから聞きたい」

「ご依頼いただいたように、私がわざと誘うように話を持っていったこともありますが。私に『また会いたい』と確かにおっしゃいました」

ヤマノの表情は失望の色に染まり、がっくりと椅子の背にもたれた。信頼しているからこそ、自分のムスメを調査対象として使ったに違いない。このような結果になるとは思ってもいなかったのだろうと、ロウドは一気に老け込んでしまったようにも見える一人のチチを見た。

「でも私の誘導的な会話によって目覚めただけで、おそらく一時的な気の迷いでしょう。お嬢さんは大変しっかりしているので、結婚なされば大丈夫だと思います」

ロウドの慰めの言葉にヤマノのチチは首を横に振った。

「いや、そのように受け取ってはいけない。私のムスメが、そのような発言をするとは……。確実に若い世代の中に、今の結婚制度に対する不満が内在し始めていると、確信しました」

ありがとうございました。ヤマノは厳しい表情のまま立ち上がり、さっそく結果報告を庁に持ち帰りたいので、と目を合わさず一礼すると去って行った。わざと忘れていったと思われるレコーダーをロウドは見つめた。頼まれたことではあるが、チチの心もムスメの心も傷つける、嫌な仕事をしてしまったと、深く後悔しながら。

カメラマンのエリモアが手馴れた様子で、ジュラルミンケースや三脚をカートに山積みにしてロビーに下りてきた。これで全員そろいましたね、とN国人のコーディネーターがチェックアウトの手続きをフロントで始める。エリモアはボーイに荷物を預けると、充実した取材ができたわね、とロウドに声をかけた。ぼんやり佇《たたず》んでいたロウドは我に返って、そうだね、とエリモアに返した。何よりも印象に残っているのは、あの咲いたばかりの花みたいな女の子のインタビューだったわ。エリモアは微笑む。たくさんの女性を撮ってきたけれど。あんなに純粋で、こちらの胸がしめつけられるような表情をする女性は初めてよ。ロウドも黙ってそれにうなずく。確かに、あのような女性に会うのはこれが最初で最後だろう。手続きをすませたコーディネーターが、空港に向かう送迎バスに乗るようF国人の取材スタッフに声をかける。ロウドは自分の荷物をボーイに預け、エリモアに告げた。F国行きのチャーター便が出るまでにはまだ時間がある。最後にもう一つだけ調べておきたいことがあるので、先に行ってくれないかと。オッケー、遅れないようにね、とエリモアは皆と一緒にホテルの玄関を出て行った。ロウドは踵を返して、泊まっていた自分の部屋に戻った。あと一時間だけ使わせてくれと、掃除に来たメイドにチップを払って頼み、窓から薄いスモッグに包まれているN国の首都を見下ろした。しばらくして、ドアをノックする小さな音を聞いた。

「ヤマノです」

ドアを開けるとヤマノのムスメだった。取材した日よりも華やかな、白地にN国独特の幾何学模様をあしらったワンピースを着ている。

「お電話いただき、嬉しかったです。今日、お帰りになるんですか？」

昨夜、セルフォンに入れておいた伝言を聞いて、やはり彼女はやってきた。

「飛行機は夜に出ます。その前にあなたに話しておきたいことがあって」

罪悪感を背負ったまま帰国することに耐えられなくなり、ロウドは全てを話す決意で、彼女をここに呼んだ。しかし、大きな目で無邪気に見つめ返してくるヤマノのムスメと向きあい、自分はただ、彼女にもう一度会いたかったのだと気づいた。

「どんな、お話ですか？」

彼女は期待で目を輝かせている。

「隠していたことがあります」

ロウドは目を伏せて告げた。

「取材規制を緩和してもらう条件として、あなたのようなN国の若い方が今の結婚制度に疑問を持っていないか、密かに聞き出して欲しいと、政府の機関に頼まれ……私はあなたに探りを入れました」

ヤマノの表情が一転して固まった。

「それは、家族庁……チチが、頼んだのですか？」

「お父様ではなく、国があなたたち若者のことを心配しているのです。お父様はあなたを信じていますし、私もあなたが今の制度に満足していると伝えました」

「うそです。どちらも誤ってます」

ヤマノははっきりと自分の意思を示した。

「ロウドさん」

微かにふるえる両手を握り合わせて、彼女は祈るように、異国の男に告げた。

「あなたのことが好きです」

N国の女性が、それを言うには、どれほどの勇気を要しただろう。

「家族庁が選んだ相手ではなく、一生あなたといたいと思いました」

グリーンハウスの花のように、無防備な身をさらけ出して、ヤマノは思いを伝えた。ロウドも、目の前にいる女性から放たれるものを全身で受け止めていた。胸をしめつけられるような感覚が、もっと熱いものへと変わっていく。彼女に名前がないことが、ロウドは歯がゆかった。家族と同じ名前ではなく、彼女だけの名前を彼女につけてあげたい。抱きしめて、その名を呼びたい。

「ぼくも、あなたと、一緒にいたい。こんな気持ちは初めてだ。ずっと出逢うのを待っていたような気がする。あなたを連れて国に帰りたい」

ヤマノが驚いたように目を見開いて、二人は見つめあった。

「行きます。あなたの国に」

ヤマノはロウドに歩み寄った。

「ヤマノ、あの花はなんて言うのかな？　ぼくが折った野生の花は」

「……あの白い花は、甘菜《あまな》です」

「アマナ。じゃあ、これから君のことを、アマナと呼ぶ」

ロウドは、ヤマノではなくアマナを抱きしめた。花のように、アマナはロウドの手の中でやわらかくしなった。しばらく、異国人同士の二人は抱きあっていた。

「ぼくは……」

ロウドは、自分の胸に頬をつけて寄り添っているアマナの肩を抱いた。

「とんでもないことを、しようとしているんじゃないだろうか？」

「私を連れていくことがですか？　大丈夫です」

アマナは顔を上げてロウドを見た。

「あなたの国に行って、エリモアさんのように私も職業を持ちます。男性と同じように働きます」

ロウドは彼女をいとおしげに見下ろす。自分は本当に、彼女をグリーンハウスから連れ出す気なのか？　N国の花はF国の空気の中で生きられるのだろうか。

「アマナ、あなたは私の国のことを知らない」

アマナは身を預けたまま黙っている。

「子供を産んでも、自分で育てられません」

「知ってます。でも、あなたのような素敵な人間が育っている」

その言葉にロウドはまた打たれた。自分の心をここまで揺さぶる人間には会ったことがない。ここで手を放してしまったら二度と同じような女性には出逢えないだろう。そのように思っているのはアマナも同じだ。だからこそ彼女も必死だった。

「一人ひとりが、他人に頼らないで、自分の足でしっかりと立って生きている素晴らしい国だと思います」

言われるとおりだが、とロウドは、庭で見た家族を思い出した。アマナもあのような家庭で育ったのだろう。その彼女にF国の現実を理解できるだろうか。

「ある種の空気が、私の国にはあるのです。『永遠の愛は、存在しない』という空気が」

アマナの重心が微かに後ろに退いて、ロウドは自分の身が軽くなったように感じた。

「話したように、子供の頃から両親には会っています。でも会うのは必ずどちらか一人。チチとハハがそろっているのを見たことはありません。ぼくが物心ついた時にはもうチチとハハの関係は終わっていたようです」

アマナはまた少し身を退いて、二人の体の間に隙間ができた。

「その空気に、アマナが耐えられるか。婚姻制度もない、子供を育てるという共通の仕事もない。二人の間に依存関係がないということは、常に孤独でもあるということです。つまり、いつ離れたとしてもおかしくない。ぼくたちは孤独に慣れているが、あなたは不安になるに違いない」

二人は沈黙した。壁越しに隣の部屋のクリーニングをしている音が聞こえる。もうあまり時間はない。

「ぼくがこの国に残れたらいいのですが」

自然と出た自らの言葉に、ロウドは驚きつつ感動していた。この国に亡命して、アマナと一緒に暮らすという選択。家庭を作り、自らの手で子供を育てるという、今まで考えたこともなかった人生が、突如として彼の目の前に開かれた。ホテルの庭にいた家族を見ていた時のように、言葉にできない温かな、安らぐような感情が湧き上がってきた。

「この国に残って、君と家庭を作ってもいい」

ロウドは彼女に伝えた。

「でもこの国では、結婚する相手を自分では選べません」

アマナに言われて、その問題を思い出し、目の前にあった希望が再び遠ざかったように思われた。が、ロウドは記者ならではの明晰《めいせき》さで思考をめぐらした。

「N国にとっても、他国の人間が入ってくるのはメリットがあることです。最近は鎖国状態で孤立している自国に対して、焦りのようなものを感じていますからね、政府は」

うまくメリットを挙げて政府を説得すれば、亡命を認めてもらえるかもしれない。現にスパイを自分に頼んできたぐらいだ。その仕事を成功させた信用もある、とアマナを見た。

「そうだ。君を理由にすればいい」

ひらめいて、ロウドの声ははずんだ。本物の恋に目覚めたアマナが、国が選んだ婚約者と結婚すれば、必ず不満がつのるに違いない。それをアマナが声にすれば、彼女のまわりの女性も影響されて、制度に対する不満が広がる可能性もある。それは国としても由々しき問題だ。そうならないためにも、目覚めさせた「責任」をとって、ロウドが彼女と結婚すれば、不満も生まれず、危険分子も潰すことができて、政府もありがたく思うに違いない。よし、すぐにかけあってみよう。勝算は充分あるとロウドは希望を持った。

「これから、あなたのお父様と政府の関係者に会って、あなたと一緒にこの国で暮らせるよう交渉してきます」

アマナは事の展開に、その目を大きくしたままロウドを見つめていたが、両手を彼に差し出して、

「嬉しいです」

再びその体をロウドに預けた。今度こそ、二人は強く抱きしめあった。人生において初めて心から愛せる人にめぐり逢った二人は、新しい未来が待っていることに胸をふくらませた。

「アマナ、待っていてください。あのグリーンハウスで。夕方には迎えに行きます」

ロウドはアマナの唇にそっと自分の唇を重ねた。結婚前に男性と唇を重ねたことに、瞬間、彼女は大きな罪を犯している気分にとらわれた。しかしロウドの唇の感触に全身の力が抜けていくのを感じ、緊張と同時に自分が満たされていくのがわかった。体も同様に戸惑いながらも、両手はロウドの腕をしっかりとつかんでいる。大胆にも彼を引き寄せているように、それは見えた。

「待ってます。アマナは、同じ名前の花と一緒に、あなたのことを待っています」


ホテルの前からタクシーに飛び乗ったロウドは、家族庁に向かいながら、どのように相手を説得するか、頭の中で言葉を練っていた。

「お客さんは、異国の人だね？」

愛想のいい中年の運転手に声をかけられて、ロウドはフロントミラーを見た。

「言葉がうまいから、わからなかったよ」

「この国の血が少し入ってるんです」

なるほど、と運転手は微笑んだ。この国に残ると決意したとたんN国人に親しみが湧いてきて、ロウドは走行距離を刻んでいる機器の横に貼ってある家族写真を見て聞いた。

「お子さんは三人ですか？」

「そうだよ」

運転手は答えた。N国の典型的な小さなリビングで、窮屈そうにティーンエイジャーの男の子が三人、そして彼とツマが笑っている。

「幸せそうですね」

写真の彼と家族が、という意味でロウドは言ったのだが、笑顔を湛えている運転手は、ミラーに映っている自分に対するコメントだと、取り違えたようだった。

「幸せそうに見えます？　朝から夢見が良かったからね。今日は機嫌がいいんですよ」

ロウドは意味を取り違えていることを指摘しないで、訊《たず》ねた。

「どんな夢を見たんですか？」

よく見る夢なんですよ、と運転手はミラーの中からロウドを見返した。

「夢の中では、まだ自分は結婚する前で……選択肢がいくらでもある、なんでもできた頃の、幸せな夢。お客さんも結婚してるならわかるでしょ？」

予想していなかったN国人の男の発言に、ロウドは一瞬黙ったが、返した。

「私は、結婚はしていないので。まだ」

アマナとのことを思い、そう付け加えた。

「ああ、異国の人だから、その歳でも結婚しなくていいんだね」

明らかにうらやましそうな声に、含まれている意味を確かめないではいられず、これも取材だと言い訳して、ロウドは問いかけた。

「結婚して、ご家族もいる今は、幸せではないのですか？」

「まあね。何を『幸せ』と言うかだけど」

運転手は信号の手前で緩やかにブレーキを踏み、ため息をついた。

「家族を愛してるし、こうやって家族のために、仕事も選ばないで働いてるけど。全てが家族のためだと……。いったい自分は、何のために生まれて来たんだろう、って思うこともあるんだよ」

信号は青になったが、彼は気づいていないようだった。

「自分のために、一日でいいから自由に生きてみたい、ってね」

彼は微笑んで、信号に気づくとアクセルを踏んだ。ロウドは何も返さず、しばらく沈黙していた。そして家族庁に着く手前で、やはり行き先を変更したいと、ロウドは運転手に告げた。


F国行きのチャーター機は水平飛行に入り、乗客が一斉にシートベルトを外し始めた。乗り遅れるかと思ったわよ！　エリモアが通路を挟んだ隣の席からロウドに言う。ちょっと手間取ってね、と彼は返す。最初からアマナに会わず、皆と一緒にホテルを出ていればと思うと、いたたまれなかった。結局、これ以上ない罪悪感とともに帰国することになってしまった。けれど、機体がテイクオフして、N国の地から離れたとたん、罪悪感を押しやる勢いで安堵感が押し寄せてきて、ロウドの気持ちは落ち着いていた。それだけ、運転手から聞いた言葉は、恐ろしいものだった。人間同士が密接な依存関係を作れば、個人の自由は奪われる。F国人が、子供だろうが恋人だろうが、相手との間に常に距離を置く理由は、何よりも自由というものを奪われないための防御策であることを、ロウドは改めて理解した。

自由。もう少しで自分がそれを投げ捨てていたかと思うと、背筋がぞっとした。「責任をとって結婚する」と、自分が発想したことも今では信じられない。なぜそんなことを思ったのだろう、何かに憑《つ》かれていたかのようだ。わずかに流れるN国人の血が、故郷の地に降りたとたんに目覚めてしまったのかもしれない。でも、やはり自分は、そこを離れてF国を選んだ人間の子孫、F国人なのだ。ロウドは大きくため息をつくと、シートの背を倒して、添乗員が飲み物を運んでくるのを待った。エリモアがワインを満たしたグラスを手に、ロウドに視線を送る。ねえ、週末は予定ある？うちに遊びに来ない？　ロウドは、そうだね、と曖昧に返して、世界各国の観光地が紹介されている映像モニターに目をやった。顔を白く塗り、引きずるような民族衣装をつけた女性たち、木造の歴史的建造物が現れる。ウェルカムトゥ、J国。同じ映像を見ていたエリモアが呟く。J国の経済破綻《はたん》はひどいみたいね。観光に行く人なんているのかしら。

ああ、アマナと二人で、J国に行くという選択肢もあったな。

今さらロウドは思った。建物や民族衣装と同じく、未《いま》だに社会制度も前時代的なままの、J国。結婚制度もあるが、結婚しない独身の男女も多い国。当然、人口は少なく経済も困窮しているが、曖昧なままでいられる国だ。とはいえ、アマナを連れてJ国に行っても、問題が解決するわけではない。問題は国でも制度でもない、単純に個人が何を守りたいかということだ。

ロウドは窓の外を見た。穢《けが》れ一つない青と、輝く白に分かれている世界。雲の切れ間に、一瞬、N国の茶色い地表が見えた気がした。もしかしたら、今、グリーンハウスの上を、横切ったのかもしれない。この雲の下で、アマナが自分を待っていると思うと、やはり胸が切られるように痛んだ。アマナを腕に抱いた時のことを思い出せば、再び熱いものが全身によみがえる。あれは、極上の愛だったかもしれない。けれど、上昇する機体と一緒に、じきに体は冷えていった。そうだね、週末に遊びに行くよ。ロウドは返した。通路の向こうに座っている、自分と同様に永遠という言葉にさして興味がない女性に。

セキュリティーの男がグリーンハウスの中を点検するのは、本日四度目だった。異国の客に花を折られてから警備を強化しているが、あれからは何事もなく、今日もあと十五分ほどで無事に閉館の時間になる。鍵をかけるのも彼の仕事なので、誰もいないハウスの中をまわって時間をつぶしていると、先ほど巡回した時はなかった白い封筒を発見した。先日折られた、野生種の白い花の鉢の前に置いてある。セキュリティーはそれを取り上げて、紛失係に後で届けようとポケットに入れた。腕の時計を見ると、時計の長い針は先ほどからちっとも動いていないように見えた。セキュリティーはあくびをして、大きく伸びもした。そうだ、あの封筒が何かのいたずらで、危険なものが入っている可能性もある。一応確認しておいた方がいい。理由づけて、退屈しのぎに彼はポケットに入れた封筒を出して、慎重に封を開けた。ホテルの便箋に美しい文字が綴《つづ》られていた。

ロウドさま

グリーンハウスであなたのことを待っていなかった私を許してください。

あなたを愛しています。

親や家族に「愛してる」と言うのとは全く違う、自分を抑えることができない、壊れてしまいそうな、こんな激しい愛情を持つのは初めてです。国が選んだオットにも同じ感情は持てないでしょう。けれど、この愛情を抱いた瞬間から、私は味わったことのない不安に同時に襲われました。あなた以外のものは見えなくなってしまいそうなこの純粋で傷つきやすい愛を育てていくには、しっかりとしたグリーンハウスが必要に思います。でも、あなたが私のグリーンハウスに本当になってくれるのか。自らそれを判断して、選ぶ勇気が、悲しいことに私にはありませんでした。愛してる。それは真実です。名前をくれてありがとう、ロウド。

アマナ

セキュリティーはそれを読んで、封筒にしまった。そしてもう一度時計を見る。それでもまだ閉館の時間にはなっていなかった。

トレニア

史郎《しろう》はガード下にあるいつもの店で、いつもと同じ合成焼酎《しょうちゅう》を、いつもよりは薄めに湯で割って飲んでいた。まわりの客も、いつもと同じ顔ぶれ。史郎と同じ、七十歳前後の男性ばかりだ。皆、過酷な一日の労働を終えて、故障を抱えた足を引きずりながらも、ここにひと時の憩《いこい》を求めてやってくる。さすがに八十も近くなると、帰りに一杯やる気力さえなくなるようだが、その歳まで働くのなら、天国という保養地に先に行っていたいと、ここで酒を飲んでいる者たち全員が思っているだろう。街の燃料スタンドで、朝の五時から夕方の五時まで、毎日油まみれになって働いている史郎も、少し前までは皆と同じ心境だったが……。いつものテーブルに陣取って、彼はカウンターの方を見やった。いつもと一つだけ違うのは、酒を作っている店員が一人足りないことだ。こんな老人の溜まり場になっている安酒場で働いているのは移民の歳をくった女ときまっているが、最近辞めたスミレという名の女は、ほどほどに若くて、誰に対しても愛想がよく、皆が彼女に癒されに来ていると言っても過言ではなかった。彼女の姿がなくて残念そうな顔をしている連中の中には、辞めたことすら知らず、風邪で休んでいるぐらいに思ってる者もいるだろう。焼酎を啜《すす》っている史郎は、努めて無表情でいたが、どうにも我慢できず、口元に笑みを浮かべてしまった。

「残念でした皆さん、彼女はここには、一生もどってきません！」

声に出したい気分だった。なぜなら、彼女は私と結婚するのです！ 史郎はぶ厚くて味気のないグラスを宙に持ち上げて、見えない相手と乾杯した。隣のテーブルの客が、こいつもボケてきたな、という目で冷ややかに視線を送っている。気にせず史郎は、口角のしわをさらに深くして、笑顔を湛えたままでいた。

　今年七十歳になる史郎は、今までの人生において結婚をしたことはなかった。子供は一人いる。四十歳を間近にした娘、真利子だ。真利子の母親とは籍を入れなかった。この国、Ｊ国では珍しいことではない。結婚する者もいるが、しない者もいる。

　史郎の祖父母の時代から、Ｊ国では婚姻率が下がり、少子化が深刻になっていたという。史郎の親の代では人口の減少がさらに加速し、やむをえず他国から移民を無条件に受け入れ、対処的に労働力を補い、危機的状況を乗り越える形になった。その一方で、同様に人口減少が深刻になっていた他の国の中には、解決策として社会システムを大胆に改革し、環境を整え始めるところが出てきた。たとえば欧州にあるＦ国などは、婚姻制度を逆に廃止して、生まれた子供は国が全面的に育てるという新たな制度を作り、思惑どおり人口も増え、経済的にも豊かな国へと生まれ変わった。悪いことに移民もこぞってそのような余裕のある先進国へと流れ、史郎の時代では、Ｊ国は再び労働力を失ってしまう。いまや国に残っているのは、他国では受け入れてもらえない「わけあり」の移民と、相変わらず減少している自国民だけ。経済はさらに困窮し、政治もまともに機能せず、もちろん社会保障などは皆無に等しい。老人だからといって社会的に保護されるわけでもなく、体が動くうちは百歳になろうが働いて、生きるために日銭を稼がなくてはならないのがＪ国の現状だ。何世紀か前はアジアの中枢とも呼ばれたＴ京の高層ビル街も、今では、コンクリートの山脈とでも形容するほかないぐらいに廃墟と化し、かろうじて崩れていないビルの窓に、たまに明かりが乏しく点《つ》いている。そんな終末の地のような眺めを見た他国の人間に「悲惨な国」と表現されてもしかたがないと、J国民も苦笑するしかなく、全てを諦めている。

「よお、史郎さん、機嫌いいじゃない」

突き出た腹の贅肉をベルトの上にのっけて、この店のオーナーが声をかけてきた。

「看板のスミレが病気で辞めちゃって、他の客はみんな暗い顔してんのに」

彼もまた、従業員が辞めた本当の理由を知らない。

「へー、病気で？　そりゃあ知らなかった」

史郎は初めて聞いたような顔をつくった。

「新しい子を入れないとな。うちのかみさんを立たせておくわけにもいかないし」

ハハッと笑うオーナーは既婚者である。安酒場の他にも繁盛している飲食店を十数軒経営しているから、けっこうな金持ちだ。こんなどん底のような国でも、いや、だからこそ格差はあって、資産を持っている人間は既婚者であることが多い。言ってみれば婚姻関係を結ぶ理由が、そこにしかないからだ。この国では結婚をしても、社会的に「良いこと」は何もない。子供を産んでも国から補助が出るわけでもなく、配偶者や扶養家族がいても税金は安くはならない。結婚することの利益といえば、古来からそうであるように、相手の資産が共有のものになるということぐらいだ。逆に貧しい相手と結婚してしまえば、持ってる方が自分の財産をわけ与えなくてはならない。今の世の中、そんな気前のいい人間は少ないから、結局は金を持っている者どうしだけが、自分の財産を守ったり、もっと増やすために結婚制度を使っている。カップルが貧しい者どうしであれば、結婚したところで共有するものもないし、何の特典もないから、その必要性も感じない。結婚していることがそれだけでステイタスであった時代は、やはり何世紀も前のことだ。同様に「家庭」という今やまれにしか使われないその言葉に夢や希望を持つ者もいない。

「あんたのかみさんは幸せだね」

史郎の言葉に、合成食品で体重を増やし続けている中年男はため息をついた。

「まったくだ。あんたみたいな老人が朝から晩まで働いてるのが普通だってのにね。とはいえオレの金だけじゃ、ここまで事業をデカくはできなかったから文句は言えないが」

スミレと結婚しても、オーナーのかみさんほど彼女の生活を楽にしてあげることはできないだろうと史郎は思った。しかし、二人が結婚することの意味は、それとは別のところにある。

「さて、史郎さんのニコニコ顔のわけを教えてくれ」

陽気なオーナーの顔を史郎は見た。悪い人間じゃないが経済的利益のために結婚を選んだ男に話したところで、その意味は理解できないだろう。

「いや。娘にボーイフレンドができたんだよ。いい男でね」

「そりゃ、よかった。パートナーは必要だ」

オーナーは返したが、声を落とすと真顔になった。

「もし結婚するなら、相手が本当にJ国人か確かめた方がいいぞ。最近は移民がネイティブだと偽って、後からバレて大騒ぎって話も多い」

ほら、これが一般的な思考なのだ。史郎は胸中で呟いた。

「結婚はしないだろう。どちらも親と同じで貧乏だから」

史郎は苦笑して言った。なら大丈夫、めでたいことだ。オーナーは大袈裟に史郎の肩を叩いて、一杯おごるよと、史郎のボトルよりも値段が高い合成焼酎をカウンターに向かって注文した。美味なそれを史郎はあっと言う間に飲み干し、それで勢いづいて、気づくと自分のボトルもすっかり空けていた。

中高年労働者がけだるそうに行き交うS橋駅の広場を、史郎も一歩一歩、確かめるように歩きながら、今夜は娘の真利子に結婚のことを話しに行くのだから、飲みすぎないようセーブしていたのだと、今さら思い出した。こうなったら酔った勢いで話してしまうのもいいかもしれない。いや、やっぱり受け入れてもらうには、しらふで出直した方がいいな。史郎は駅の前に佇み、娘に会いに行くか、行くまいか悩んだ。

「すみません。もしお時間があれば、インタビューにお答えいただけませんか？」

声に史郎が横を向くと、弱々しい街灯の明かりの下に、背の高い男と女が立っていた。白っぽい金髪を結い上げた女は、見たこともない形のカメラを持っている。話しかけてきた男の方は東洋系にも見えるが、手のひらより少し大きいサイズの電子ボードを持っていて、画面には知らない異国の文字が流れている。史郎がぼんやりと二人の顔を見ていると、男はもう一歩近づいてきて、その目が金茶であることから異国人であることが明確になった。けれど身なりの良さから、彼らが移民でないことも一目瞭然だった。

「驚かせてしまい申し訳ありません。私は、F国から来た者で、『AGE』という雑誌の記者ですが」

この度、J国の特集記事を組むことになり取材をしています、と告げる声は、彼が耳と首に付けている言語変換機から発声されていて、口の動きとそれが合っていないから違和感があったのだと史郎はようやく気づいた。

「私はロウドと言います。こちらはカメラマンのエリモア」

街灯のように大きな女は、史郎を見下ろし、微笑んだ。

「なんの用だい？」

酔っている上に、変てこな二人が現れ、さっぱり状況が飲み込めない史郎は、ロウドが差し出す電子ボードに、身分証明書がＪ語で表示されているのを興味なさそうに確認したが、彼が一緒に持っている雑誌の表紙を見て、表情を変えた。

「あ、これ読んでるよ、若い頃から！『アゲ』ね」

Ｊ語版の『ＡＧＥ』誌を史郎は指差した。

「これってＦ国で作ってんの？　この国じゃ、もう本なんて作ってないから、売ってんのはみんな外国の本だけどね。自分じゃ買えないが、飲み屋に置いてあるのを読んでるよ」

「ありがとうございます。『ＡＧＥ《エイジ》』誌は世界中の言葉に訳されて、売られています」

「へぇー。で、この国のことを、あんたが書くのかい？」

「はい。あなたのように年輩になっても働いている方が多いのが、Ｊ国の特徴なので、ぜひ生の声を聞きたいと。この辺りは労働者が集う酒場が多いと聞いて、インタビューに答えてくれそうな人を探しに来たんです」

「おれたちの話を聞きに、わざわざ？」

「もちろん、政治家や、最先端の仕事をしている方にもインタビューしますが」

史郎の目に冷ややかなものが浮かぶのをロウドは見逃さなかった。

「この国に政治家なんていないよ。最先端の仕事なんてものもね。外国の下請け仕事を、低賃金でかろうじてやってるだけ。そんなヤツらの話を聞いても時間の無駄だと思うよ」

ロウドとエリモアは、耳に付けているイヤホンから自動的に翻訳されて入ってくる史郎の言葉を聞いて、いい人材を見つけたと言わんばかりに笑みを交わした。史郎は投げやりに両手を広げた。

「『悲惨な国』が、どれだけ悲惨かを取材に来たんだろ？　見てのとおりだよ。自分たちの食うものさえ満足に作れない国だ。いくら働いても輸入した高いもの買って暮らすしかないから、どんどん貧乏になってくだけ。誰も助けちゃくれない。七十の老人だって朝から晩まで働いて、その日をどうにか食いつなぐ。安酒飲めるおれなんかまだいい方だよ」

「確かに、お話を聞くと状況は深刻ですね。お若くて七十歳には見えませんが、ご結婚はなさっているのですか？」

饒舌《じょうぜつ》になってきた相手の話にすっと入り込んで、ロウドは既にインタビューを始めていた。

「してないよ。貧乏人はしてないことが多いんだよ、この国では。娘は一人いるが」

「では、ご同居なさっている方は？」

「いないよ。今まで誰とも一緒に暮らしたことはない」

そう、今までは。彼は心の中で呟き、スミレの顔が浮かんできて、また口元に笑みを湛えた。それを見てロウドは、改めて史郎に訊ねた。

「もしよろしければ、お名前をうかがっていいですか？」

ご希望なら掲載時は匿名にしますとロウドは断り、老人は「橋本史郎」と告げた。

「橋本さん」

ロウドは彼を真っ直ぐに見て、問いかけた。

「どうして、あなたは幸せそうなんですか？」

史郎は面食らったように、目をぱちくりさせた。

「このS橋駅の前で、夕方からずっとインタビューする年輩の方を探していましたが、誰もがみんな暗い顔をしていて、声をかけても、答える人も、振り向く人さえいない。幸せそうに笑って歩いてきたのは、橋本さん、あなた一人だけです。少々酔ってらっしゃいますが、それだけではなさそうだ」

ロウドとエリモアは彼に向かってうなずいた。

「だから私たちは、あなたにとても興味を持ったのです」

史郎は口を半開きにして、ビルを見上げるように、異国から来た二人を見た。そして、自分が若くないことを常に思い出させる乾きやすい口を、一度閉じて湿らせて、その問いに答えた。

「結婚するんですよ、私」


「結婚？」

驚いて聞き返す恋人の剛《たけし》に、史郎の娘、真利子はうなずいた。

「ぼくと、君が？」

電子調理器に入れて三分待つだけの『三十〜四十代向き生活習慣病予防ディナーセット』をたいらげて、合成ワインをグラスに注いでいた剛は、向かいに座っている彼女を見た。

「ないとは思うけど、ちょっと考えてみてもいいかなって」

真利子は努めてさりげなく微笑んだ。彼の目に自分が少しでも美しく映っていて欲しいと願いながら。つきあい始めて半年になるボーイフレンドは自分よりも二歳若いので、最近は鏡を見るたびに、小ジワやシミが増えていないか気になる。毎日使用するようなスキンケア化粧品は、真利子の安月給ではそうそう買えないが、これが最初で最後のチャンスだと思うと、分割払いでもそれを買って自分を磨き、彼に見合う女にならなくてはと必死だ。剛が好きだと言う、ゆるやかに巻いている黒髪をかきあげ、真利子は彼の言葉を待った。

「考えたことなかったな。うちは親も結婚してないし」

清潔感のある短い髪がよく似合い、仕事で鍛えた筋肉質の体をシャツの下からのぞかせている剛は、実際、真利子より五、六歳は若く見える。その魅力を放っておく女はいないだろうから、かなりの人数の女性とつきあってきたに違いない。でも今まで未婚だったのは、彼が数ヶ月前まで肉体労働者だったからだ。真利子も剛がまだその仕事を続けていたら「結婚」などということは同様に考えもしなかっただろう。しかし、近頃ある機会から立場を逆転させて、労働者派遣のビジネスを始めた剛は、将来的に「財力を持つ男」になる可能性が高くなってきた。人口の少ないこの国で、とはいえ必要とされるのは労働力だ。新しい移民も入ってこない今、それはJ国に残された限りある資源と言っていい。それを握る仕事に携わるということは、一肉体労働者では稼げないような金が、彼のところに入ってくることを意味している。しかし本人は、ビジネスを波に乗せることに今は必死で、真利子よりそのことに気づいていない。本人が気づく前に、他の女性がそれに気づく前に、「将来性のある男」を自分のものにしなければと、彼女は密かに戦々恐々としている。

「私も考えたことはなかったけど」

ここが勝負どころだ、と真摯《しんし》な口調で相手に告げる。

「二人ともスズメの涙だけれど貯《たくわ》えがあるじゃない。それを結婚して共有のものにして、剛の新しいビジネスに役立ててはどうかしら？」

剛は怪訝《けげん》な表情で真利子を見る。

「それで君になんのメリットがあるの？　もし仕事が失敗したら何もなくなってしまうよ？」

真利子は微笑んで首を傾《かし》げた。

「私、楽天家だから。その時はその時よ」

剛の硬い表情が溶けるように笑顔に変わって、言葉とともに返ってきた。

「ありがとう。嬉しいよ。ぼくの仕事のことを考えてくれて」

「あなたのために何かしたいの」

「……確かに、共有の財産という形なら、もし仕事で利益が出たら君にも戻ることになるよね」

「そう、ちょっとした投資みたいなものよ」

「まあ、期待はできないな。リスク高すぎだよ」

笑って剛は、恋人の手に自分の手をのせた。

「真利子」

剛の揺るがないまなざしが、真利子の瞳に注がれた。

「でも仕事よりも何よりも、ぼくは君とずっと一緒にいたいと思ってる。生涯をともにしたいと」

それは真利子が一番聞きたかった言葉だった。

「結婚しても、しなくても」

そう付け足されたとたん、喜べなくなっている自分がいるのを真利子は感じた。結婚せずとも、死ぬまで一緒に暮らしているカップルはたくさんいる。でも「愛」の有効期限は容易に変わる。彼が自分のことを愛してくれているのはわかっているが、それだけでは安心はできない。「最上級の安心」という形である「結婚」は、金持ちだけのもので真利子にとって数ヶ月前までは届かぬ夢であった。それが、運よく手に入ろうとしているのだ。剛は立ち上がり、彼女の後ろにまわって肩に両手を置いた。

「愛してる」

彼女の耳元に顔を寄せて彼は囁《ささや》いた。真利子は深く息をつき、涙が出そうになった。自分の中で引き締めているものがほどけそうになる。でも、今が正念場だ。

「私も愛してる。だから考えてみて」

「考えとくよ」

見上げる真利子を見下ろして、剛は微笑んだ。

「もう、お父さんが来る時間じゃない？」

「一緒にいてよ」

「でも、何か大事な話があるみたいだ」

ぼくがいると、話ができなくなってしまうかもしれないから。剛は肉体労働の仕事をしている時からかぶっている、ほころびのあるキャップを取ると真利子の頬にキスをして、

「今度、お父さんと一緒に食事でもしよう。たまには外で」

部屋を出て行った。

玄関で彼を見送り、ドアを閉めると真利子はため息をついた。なんだか彼を騙しているようで、

気がひける。もちろん彼のことを誰よりも愛している自信はあるのだけれど。ディナーセットのパッケージをゴミ箱に捨てて、グラスを洗い、テーブルを丁寧に拭いた。贅沢品もしゃれた道具もない質素な部屋だから、せめて清潔にして印象を良くするしかない。この部屋に来ると落ち着くと、彼は言ってくれる。

「それだけで、満足しろと？」

真利子は自分に問いかけた。今の状況だけで満足できるものならしたい。しかし不安材料が多すぎる。もっと自分に向いてる仕事があれば。もっと給料がもらえて余裕があれば。もっと国が豊かで、将来に希望が抱ければ。ただ彼と一緒にいるだけでも満足できただろう……。

物思いにふけっているうちにテーブルでうたたねしていた真利子は、ドアをノックする音で目覚めた。遅くなったことを謝りながら入ってきた史郎からは酒の匂いが漂っており、娘は口調をきつくしてあまり飲みすぎるなと注意した。

「お酒を飲むお金があるなら、安い電子ボードでも買ってよ。飲み屋のボードにメッセージ送るぐらいしか連絡手段がないなんて」

父親との関係は悪くはない。一緒に暮らしたことがないせいか互いにどこか遠慮しているところはあるが、二年前に母親が亡くなってからは唯一の肉親となり、疎遠にならないよう以前よりも連絡をとるようにしている。大事なことは話しているし、相談もする。史郎も真利子に対して同じ気持ちなのがわかる。今日も自分に聞いて欲しいことがあって来たのだろう。剛と結婚することになったら、真利子も真っ先に父親に話そうと思っているので、驚くだろうなと表情がにわかにやわらいだ。

「いや、すまん。S橋駅の前で、変な異国人に捕まって」

酔っているわりには、史郎のろれつははっきりしていた。

「異国人?」

真利子は怪訝な顔で聞き返した。

「アゲ、じゃなくて、エージっていう雑誌の記者とカメラマンだそうだ。突然、インタビューしたいって」

「『AGE』誌に? インタビューって、お父さんが載るの?」

ポピュラーな雑誌の名前を聞いて、真利子も目を丸くした。

「わからんけど。娘がいると話したら、おまえにもインタビューをしたいと」

史郎はロウドの名刺と『AGE』誌の最新号を真利子の前に置いた。

「J国の女性にも色々と話を聞きたい、って。謝礼は出すと言ってた」

べつにいいけど、と真利子は、高級な紙にF語とJ語で名前が印刷されている名刺を珍しそうに見た。

「お父さんも謝礼をもらったの?」

「いや、おれは、その……大したこと、話さなかったから」

史郎が口ごもり、真利子は父親に視線をやった。さきほどまで剛がいた席に座っている史郎は、昔から細身ではあるが、よけい小さく見える。

「それで、何か話があるんでしょう?」

名刺を置いて、娘は本題に入った。しかし史郎は黙ったままで何も言わない。真利子が、なんなの？　ともう一度聞いて、ようやく口を開いたが、声が出るまでにまたしばらく時間を要した。

「実は」

史郎はうかがうように真利子の目を見ながら言った。

「結婚することになった」

父の告白に真利子は、絶対に聞き間違いだと、まず自分の耳を疑った。自分が近々告げるはずの言葉を、まさか七十歳の老人である父の口から聞くなんて、ありえない。

「結婚？　冗談でしょ？」

「本当だ。ある女性と、結婚する」

小出しにしてもしょうがないので、伝えなくてはいけない情報を史郎は一気に告げた。

「相手は、おれが通ってる飲み屋で働いていた女性で、名前はスミレ、本名はトレニアというんだが、五十五歳になる移民だ」

ぽかんと開いていた真利子の口は、それを聞いたとたんに閉じられて、おぞましいものでも見るかのように険しい表情になった。

「今なんて？　移民の女と結婚するって？」

娘は声を大きくして首を横に振った。

「ありえない。犯罪だわ、そんなの！」

「違法じゃない。確かに、まれな話だが」

「正気なの？」

真利子は父親がボケてしまったのではないかと疑った。老いは突如としてくるというが、今がその瞬間なのかもしれない。

「ボケちゃいないよ。本気だ」

見透かしたように史郎が言った。

「残り少ない人生を、彼女と一緒に生きたいんだ」

「嘘よ」

史郎の様子は確かにいつもと変わらないし、それ以上に真剣だった。しかし娘は父親の言っている言葉を一つとして信じられず、首を横に振り続けた。史郎は、この展開を予想はしていたが、テーブルの上に視線を落としてため息をついた。

「まあ、そう思うだろう」

今は何を言ってもダメだ。何か言うほど、理解は得られなくなる。あとは、あの男にまかせてみよう。偶然知り合ったのも何かの縁だ。もしかすると神様が遣わしてくれた天使かもしれない。史郎は、表情を固めたままの娘を見て思った。


「お父さんの結婚には、反対なのですか?」

「もちろん。騙されている以外にないでしょう?」

真利子は語気強く、インタビュアーのロウドに返した。

「財産を狙《ねら》った結婚だということですか?」

「父に財産などありません。でも」

J国には、と彼女は異国人のロウドに説明した。

「移民が、国が定めた金額以上の年収を稼いだ場合、就労許可が取り消されてしまう法律があるんです。もちろん土地を持つことも許されていません。だから、どうにかネイティブと結婚して国籍を得ようとする移民もいます」

「それで移民は低賃金の仕事にしかつけないのですね」

「J国民を守るための法律です」

「移民に対してそこまで厳しくしたら、彼らは他の国に行ってしまうのでは？　ただでさえ労働力が足りなくて困っているのに」

真利子は苦笑して返した。

「こんな国に居る移民はもともとわけありで、他の国なんか行けません」

彼らは、と彼女は声を低くした。

「生活のためなら、結婚詐欺だって何だってするんです。父が利用されて被害者になるなんて許せません」

ロウドは目尻のあたりが史郎に似ている真利子を観察した。黒い髪をきっちりと束ねて、飾り気のない白いブラウスとブラックのパンツだけの格好だが清楚だ。写真と名前を載せないという条件ならば、インタビューに協力すると言うので、昼の休憩時間にロウドは指定されたカフェに来た。真利子の働く仕事場が通りをはさんで向こうに見える。他と同じく廃墟のようなビルだが、合成食品に使う原料や添加物を、他国から輸入している会社が中にあるらしい。カフェの中も自然光だけで薄暗く、客はカフェ・ディスペンサーからプラスチックの容器にコーヒーを注いで、簡素な席でそれを啜っている。驚くほどぬるいコーヒーに、ロウドもさすがにひと口飲んで脇にやってしまった。

「真利子さんは、ご結婚はなさっていないのですね」

「ええ」

「あなたご自身は、結婚についてどう思われますか？」

真利子はロウドの金茶の瞳を見返した。

「できるものなら、したいと思います」

異国人の記者は真剣な表情でその言葉を受け止めている。その態度に真利子は少し好感を持った。

「不安ですから」

「不安。それは、生きることにですか？」

やさしい口調で返されて、真利子は、なんで自分の思ってることがわかるのだろうと驚いた。ロウドはうなずいた。

「わかります。私も不安を抱えて生きている」

「F国人なのに？　信じられない。物は何でもあって、好きな仕事ができて、子供も国が育ててくれて、自分に合った生き方ができる国なのに？」

ロウドは黙って微笑んだ。

「私なんか」

真利子は窓越しに勤めている会社を見つめた。

「子供の頃から、ただ仕事につけるようにという目的で学校の勉強をして、雇用されやすい資格をいくつもとって、今の会社に勤めました。でも、そろそろクビになるかもしれない」

「なぜですか?」

「若い人を雇った方が給料も安いし、新しいスキルも持ってます。私なんか給料のわりには能力もなくて会社的にはメリットがない。半端なんです。頭脳労働にも特化してないし、今さら肉体労働もできないし」

「でも、この国には働き手が必要なのでは?」

「だからと言って、使えない人間を高い金で雇える余裕が、この国にあると思いますか?」

真利子は苦笑した。……っていうか、と大きくため息をついて、

「私、働くのが好きじゃないんです」

言いたかったことを吐き出すように、彼女は告げた。

「昔の時代みたいに家にいて、子供を産んで育てるような生活がしたいんです」

「だから、結婚したいと?」

「お金持ちと結婚すれば今の時代でも可能です。でも財産家は財産家と結婚してしまうから、私などにチャンスはありません」

興味深い話になるといつもそうするように、ロウドは腕を組んだ。

「正直ですね。色々な人をインタビューしてきましたが、働くのが嫌いだとストレートに言った人は初めてです」

真利子は相手をチラッと見た。

「J国の女は、わがままだと雑誌に書きますか?」

ロウドは首を横に振った。

「もっと自分に向いてる仕事にめぐりあっていたなら。選べる環境があったなら」

真利子は言って、冷め切ったコーヒーを口元に持っていった。

「何歳までこの仕事が続けられるのだろう、職を失ったらどうなってしまうのだろう、日々そんな不安に悩まされていなければ、私だって仕事が好きだと言えるでしょう」

二人はそれぞれに沈黙にふけった。

「やっぱり、わがままなのかな」

真利子は剛のことを思いながら、そう呟いた。

「お父さんの結婚ですが」

ロウドが発すると、真利子は敏感にまた表情を硬くした。

「娘のあなたに、やはり祝福して欲しいのだと思います」

言葉を返さない真利子に、ロウドは告げた。

「実は、史郎さんに、インタビューの謝礼はいらないから、あなたを説得して欲しいと頼まれたんです。『私の結婚が間違っていないことを、君から娘に話してもらえないか』と」

真利子は眉間にしわを寄せた。

「なぜ、そんなことをあなたに頼むんですか？」

「ぼくは他国の人間だから、この国に根付いてしまった概念ではものを見ないだろうと。その視点で、史郎さんが幸せであることを伝えて欲しいと」

「あなたは父が騙されていないと？　本当に幸せだと思うのですか？」

真利子に問われてロウドはいたずらっぽく笑った。

「彼は、とても幸せそうです。でも、彼がなぜ幸せであるのか、理解するには、まだ情報が足りません。一応、記者ですから、裏づけはきちっと取りたい。今回の特集記事に、史郎さんのことも書きたいと思っていますから。もちろん許可は取ってます」

それで？　と娘は明らかに不快感を示している。

「このあと、お父さんが結婚なさる方、スミレさんにインタビューをしに行きます」

「怪しい水商売の女に会いに？」

「それは、この目で見てみないとわかりません。あなたを説得できるかどうかも、それ次第です」

「私の言うことが正しかったとわかるでしょう、きっと」

真利子は目を伏せて、もう会社に戻らないと、と時計を見た。

「真利子さんにお話を聞けて、非常によかったです」

先に立ち上がったロウドは、彼女に手を差し出した。

「あなたにインタビューをしていなかったら、表面的なことしか読者に伝えられなかった。感謝します」

真摯に礼を述べるロウドの手を、真利子は握り返した。

「お役にたてたなら」

「この国の気持ちを代表して、話してくださった」

彼の言葉に胸が熱くなるのを感じながら、彼女は返した。

「いえ、私なんか。もっと頑張っている人は、たくさんいます」

「真利子さん、あなたもその人たちに負けずに頑張ってます」

ロウドは微笑んで、J国式に頭を下げると、また連絡します、と店を出て行った。一人になった真利子は、窓から自分の職場を見つめ、ロウドが残した言葉を胸の中で繰り返した。すると自分の中にあった「不安」が少し小さくなったような気がするのだった。

仕事柄、世界中の国を訪ねてまわっているロウドが、どこの国に行っても必ず立ち寄る、お気に入りの場所が二つある。それは酒場とリサイクルセンターだ。酒場は、労働者や低所得者が集っているような、安酒を出す店が軒をつらねているところがいい。史郎のように、国の底辺にいる人間の、生の声が聞ける。またリサイクルセンターは、最新のゴミ焼却炉を見せびらかすような施設ではなく、人間が手作業でゴミを選別しているようなところが面白い。ゴミは嘘をつかない。政治家がいくら偉そうな話をしても、国民が出しているゴミを一目見れば、本当のところがわかる。たとえば、貧しい国ほどリサイクルできないで捨てられていくものが多い。目先の利益だけで、安くて粗悪なものが売られていることの証拠だ。昨日インタビューしたJ国の政治家も、この国は未だ先進国であると豪語していたが、果たしてゴミ事情はどんなものか。今回も最初からリサイクルセンターを見に行くつもりでいたが、思わぬ展開でさっそく足を運ぶことになった。来てみれば、街と同じく施設はかなり老朽化しており、一応オートメーション化されているが、分別機などは動いていないものも多く、それをカバーするために人間が作業をしていた。

「スミレさんはいますか?」

ロウドはベルトコンベアの横に立っている年輩の女性に声をかけて聞いた。

「スミレ? ああ、トレニアね。あそこにいるのがそうよ」

指された方を見ると、作業服を着た五十代半ばには見えない女性が、アッハッハと大きな声で他の従業員と笑っていた。

「あなたが雑誌の人ね？　史郎さんから聞いてる」

まだ笑いを残している表情で、トレニアはロウドのところにやってきた。J国人よりも目が大きくて、めりはりのある顔から移民であることがわかる。両手を広げる大袈裟なリアクションも、オープンな表情もJ国人にはないものだ。若く見えるのは、そのグラマラスな体のせいかもしれない。胸の大きさに対してサイズが小さい作業着を、彼女は裾を引っ張って下げながら言った。

「わざわざこんないい匂いがするとこに来なくてもいいのに」

「好きなんです」

「この臭いが？」

アッハッハ、とトレニアはまた笑った。

「私は嫌い。バーテンの仕事辞めちゃったのは痛かったわ。色々探したけど、もう歳だからこんな仕事しかないの」

トレニアはゴム手袋を脱ぐと、作業台にポンと放った。

「でも、史郎さんと結婚してJ国民になれば、違う仕事もできるようになりますね。もっと収入の良い仕事につける」

「あら、そうね」

トレニアは目を大きくして、今、気づいたというような顔をした。

「土地も持てるようになる。史郎さんは田舎に少しだけ土地をお持ちだそうだ」

トレニアはアップにしている髪から大きなピンクのクリップを取って、ストレートの赤茶色の髪をさらりと下ろした。

「私ね、ホントは巻いた針金みたいな、ひどい毛なの。でもいい薬があってね、ザブンとその液に頭を浸《つ》けると、真っ直ぐになるのよ」

ロウドは、ほう、とトレニアの髪を見た。彼女は楽しげに髪を揺らして風を通すと、また一つにまとめて結い直した。

「結婚詐欺だって思ってる？」

トレニアは笑顔を消さずに、いきなりロウドに聞いた。その笑みの下に隠されている、別の顔があるのか、ないのか。ロウドは未だに判断できず、それには答えなかった。

「史郎さんはとても幸せそうです。あなたも、幸せですか？」

「ええ、幸せよ」

彼女の表情から初めて笑みが消えた。とても魅力的な女性であると、ロウドはその顔を見て改めて思った。彼女の歳に関係なくつきあいたいと思う男も多いだろう。トレニアはロウドの視線から逃げるように目を逸らし、ゴム手袋を取り上げた。そして彼に差し出して、

「この臭いがお好きなら、手伝ってみる？」

ロウドに微笑んだ。

世界中のリサイクル施設を見てきたが、自らゴミの分別をするのはロウドも初めてだった。トレニアが担当するラインのベルトコンベアに乗って流れてくるゴミは、ほとんどが電子調理器用簡易ディナーセットやランチセットのパッケージだ。トレニアはリサイクルできるパッケージを教えて、

それだけを取り上げて横のカゴに入れるよう、ロウドに指示した。

「ほとんどリサイクルできないやつだけど。たまーにあるから」

パッケージからたちのぼってくる残飯の腐敗臭に、ロウドがたまらず顔をしかめると、あら、好きなんじゃないの？　と笑って、トレニアは親しげにロウドの体に自分の体を寄せた。ロウドは気にせず、

「なんで、全部リサイクルできるパッケージにしないんだろう」

次々に流れてくる再生不可能な混合プラスチックのパッケージを目で追う。

「さあ。こんなに貧しい国なのに、捨てるものがいっぱいあって私も驚くわ」

トレニアは、ほら、あれ！　と再生可能な紙のパッケージを指差して、ロウドは慌てて手をのばしてそれを取った。

「今だけ使って、あとは知らない。それがこの国のやり方なの。人間も同じ。移民や老人を使えるだけ使って、あとは、ポイ」

トレニアは紙のパッケージを彼から受け取り、残っている残飯を払ってカゴに投げ入れた。

「私はこういうディナーセットはめったに買わない。この捨てちゃうパッケージの値段も入ってるのよ？　みんな貧しいのに捨てるものにお金かけて変よね」

自分の国にも似たようなパッケージがあります、とロウドは話した。それはリサイクルできるものだが、確かにタダではない。

「あなたの言うとおりだ」

トレニアは大きな目でロウドをじっと見つめた。

「今、気づいたけど、あなたいい男ね。ゴム手袋してるのにカッコイイ男なんて、見たことないわ」

ロウドは思わず笑った。

「夜は空いてる？　仕事が終わったら一緒に飲みに行かない？　この近くにいい店があるの」

「そうですね。史郎さんを呼んで三人で飲みましょうか」

「いいの、彼は」

「史郎さんが怒りますよ」

「大丈夫、彼は私を愛してるから」

トレニアはウインクをした。ロウドは真顔で切り返した。

「じゃあ、あなたも、史郎さんを愛しているのですか？」

愛してるわよ、とトレニアはまた無表情になった。ロウドから紙のパッケージをまた一つ受け取り、

「この国にポイされるだけじゃ、嫌なの」

カゴに投げ入れる。

「娘さんが、心配しているんです。お父さんの結婚のことを」

ロウドが言うと、トレニアは、わかったようにうなずいた。

「ああ、真利子。金の卵を見つけて、玉の輿《こし》を狙ってる娘」

「そうなんですか？」

「史郎さんの話を聞いてるだけでわかるわよ。同じ女だもの」

ロウドが見逃した紙のパッケージをトレニアは慣れた手つきで取り上げて、彼に微笑んだ。

「私が結婚詐欺なら、彼女はどうなの？」

ロウドは、ふむとうなずき、いつものクセで腕を組みそうになったが、ゴム手袋をしていることに気づいてやめた。

「移民だけが、利益のために結婚したら犯罪になるの？」

トレニアという女性の正体を探りに来たロウドだったが、自分の愚かさを感じ始めていた。怪しい女か、怪しくない女か。史郎は騙されているのか、いないのか。どちらかしか答えがないと思っていたこと自体が浅はかだった。AでもなくBでもない、という答えもある。ロウドは一部に紙が使用されているパッケージを見つけて、それを取り上げた。

「これはリサイクル可能？　不可能？」

問われたトレニアは、さあ、と肩をすくめた。

「どっちでもいいんじゃない？」

ロウドがそれを手に持ったまま真剣に悩んでいると、トレニアは、真面目ね、と笑う。

「決断力がないだけです」

「じゃあ、私と飲みに行くのも、考え中？」

ロウドが返事に困っていると、

「ねえ、記者さん。『トレニア』って花のこと、知りたくない？」

彼女は意味ありげに微笑み、ロウドも相手を見つめて返した。

「トレニアさーん！」

二人は驚いて声の方を振り返った。

「共同ボードに、あなた宛の緊急メッセージが入ってますよ！」

従業員がマイクで呼んでいる。何かしら？　と彼女はロウドに言って、事務所へと入って行った。

「ごめんなさい。飲みに行けなくなっちゃった」

戻ってきたトレニアはロウドに告げた。

「史郎さん、仕事場で倒れたみたい。心臓が悪いの」

まったく、とトレニアはため息をついた。これから迎えに行くと言う彼女の後を、病院ですか？　とロウドは追いかけた。

「そんなところに行くお金ないわよ。仕事場で休んでるみたい」

「ほっといて大丈夫なんですか？」

「発作はもう何度も起こしてるの。しぶといのよ、けっこう」

トレニアの顔から、再び笑顔が消えた。


ロウドから知らせを受けて、真利子が医療センターに駆けつけると、史郎の名前が書かれたベッドはすでに空っぽだった。

「父は？」

真利子の問いかけに、点滴を片付けている看護師は無愛想に首を横に振るだけだ。

「父は、父に、何があったんですか？　どこにいるんですか？」

彼女の大きな声を聞いて、病室に入ってきたのはロウドだった。

「真利子さん！　よかった来てくれて。実は、史郎さんが、目を離した隙に消えてしまったんです」

彼も困惑している様子で説明した。

「心臓発作を起こしたようなので、私の判断で病院に連れてきたのですが」

「父は、心臓が悪いんですか？」

真利子は呆然《ぼうぜん》と空のベッドを見た。が、その横に置かれている椅子が二脚あるのを見逃しはしなかった。

「もしかして、例の、移民の女もいたんですか？」

真利子は厳しい目つきになってロウドにせまった。

「そのことで、真利子さんにお話が」

「その女は、どこにいるんですか？　一緒に消えたんですか？」

聞かずに、真利子は問いただした。ロウドは無言でうなずいた。

「……二人は、結婚するつもりだわ。父が死ぬ前に」

ロウドもその言葉にピンときて、真利子を見た。

「この近くに、シティーホールはありますか？」

答えずに真利子は、踵を返して病室を出て行くと、走り出した。シティーホールに向かおうとする彼女に、建物を出たところで追いついたロウドは、行く手に立ちはだかった。

「車で行きましょう。その方が先回りできる」

「がんばって、史郎さん」

額に汗を光らせて、体内にある爆弾に衝撃を与えないよう、一歩一歩慎重に進む史郎を、トレニアは支えながら声をかけた。

「シティーホールまで、もうちょっとだから」

ああ、と史郎は荒い息で答えたが、力尽きて足を止めると、道端に崩れるように腰を下ろした。

「だめだ。もう……歩けない」

「がんばって」

トレニアは、彼の灰色の髪をやさしくなでた。

「一人で、行ってくれ。これを、持って」

辛《つら》そうに息を吐きながら、史郎は油染みのついた作業着のポケットから、一枚の紙を出した。

「娘はダメだったが、友人に保証人になってもらった。出すだけだ」

婚姻届の紙をトレニアは受け取ったが、首を横に振った。

「二人で行かなきゃダメよ。私だけじゃ、絶対に怪しまれる。面接もあるって言ってたわ」

史郎は、もう言葉も出ないというように目を閉じた。

「だめよ！　死ぬなら、結婚してからにしてっ！　お願いだから！」

トレニアの激しい声に、道行く人が振り返った。

「……ひどい女だな」

苦笑して、史郎は掠《かす》れた声で言った。トレニアは罪のない少女のように明るく微笑んで、

「そうよ。ひどい女よ」

しわだらけの彼の額に、自分の額をつけた。七十歳になる男と移民の女は、微笑みあった。

「立てる？」

「……そうだな。まだ、死ねない」

史郎はトレニアの腕につかまり、残っている力をふりしぼって、ふるえる足でどうにか立ち上がった。

「おれは、まだ、そんな歳じゃない」


真利子は渋滞している道にいらだちを隠せず、抗議した。

「これなら歩いた方が早かったわ」

「信号の故障のようだ」

この国ではよくあることよ。タクシーの後部座席で、不機嫌に彼女はロウドに返した。

「知ってます。だから、歩くより遅い車に乗ってもらいました。あなたのお父さんとの約束を果たすためです」

真利子は横目でロウドを睨《にら》んだ。

「裏づけが、取れたわけ？」

「『トレニア』という名前の花を知っていますか？」

真利子は無言でそれに答えた。

「倒れた史郎さんを仕事場に迎えに行く道で、トレニアさんが教えてくれました。ほら、あれです。あ、あそこにもある」

ロウドは窓の外を指した。僅《わず》かばかりの品物を並べている寂しげな商店街のプランターに、カーテンも付いていない集合住宅の窓辺に、赤やピンク、紫の小さな花を、たくさん咲かせている植物が見える。

「もちろん人工花ですが、日陰でも育ち、多少のことじゃ枯れないそうです」

ほら、あれもそうだ。埃《ほこり》っぽい街の風景の中に、ささやかに飾られている「トレニア」をロウドは見つけていく。

「うちの会社の入口にもあります。どこにでも売ってる安い花です。名前なんか知りませんでした」

冷ややかに真利子は返した。

「確かに『トレニア』はよくある外来種の花ですが、J語の名前もあって『夏菫《なつすみれ》』と呼ぶそうです。それで彼女はスミレと店で名乗っていました。史郎さんは、夏のスミレとは、トレニアさんにぴったりの名前だと、彼女に言ったそうです」

真利子は、聞きたくないと言うように、顔を背けている。

「名前は知られていなくても、あの花はこの国を元気づけている。史郎さんも、彼女の明るい笑顔が見られると思うと、毎日のきつい仕事も頑張れたのでしょう。それが恋に変わるのは自然なことです」

「やめてください」

ロウドは穏やかな口調で続けた。

「トレニアさんも、移民、J国人と、多くの男性とつきあってきた。でも『結婚して欲しい』と彼女に言ったのは、史郎さんだけだそうです」

「父だって言うわけがない。嘘です、彼女の作り話です」

かもしれませんが、と言いつつロウドは自信ありげに微笑む。

「トレニアさんも、移民だからと彼女を見下げず、平等に接してくる史郎さんと話すのが好きで、お客さんの一人として好意は持っていました。けれど、結婚の申し入れにはさすがに驚いて、断ったそうです」

真利子が窓の外を見ると、警察署の植え込みにもトレニアが植わっている。変じゃない、と彼女は返した。

「断ったのに、なんで結婚する気になったの？」

ロウドは電子ボードを出して、移民らしき何人かの顔を、その画面に映した。

「ネイティブと結婚してＪ国籍を得た移民を、カメラマンのエリモアに探してもらって、話を聞きました。現実には、彼らは以前よりもひどい待遇を受けてました。法的にＪ国人と同じ職につけても職場での差別はひどく、金のために結婚したと、Ｊ国人からも移民からも非難される。耐えられず、ほとんどの人が離婚しています」

真利子は画面に映っている暗い顔を見た。

「トレニアさんもその現実を知ってる。いい話だなんて思いもしなかった。じゃあ、なんで彼と結婚することにしたか？」

真利子はロウドを見た。

「なぜ自分と結婚したいのか？　トレニアさんは史郎さんに聞いたそうです」

「父は、なんて？」

ロウドは真利子の目を見て告げた。

「『私は、いつも明るく笑っているあなたにだけ、希望を見ることができる。この死にかけている国の未来に希望をもたらすために、あなたと一緒になりたい。外来種ではなく、堂々とこの国の花になって欲しい。私とあなたの国のために』」

史郎の娘は、目を大きく見開いて、そして伏せた。

「自分に『希望』を見てくれる、そんな人にトレニアさんは初めて出会いました。幼い時に親を亡くし、貧しくても辛くても、明るさを失わず必死に生きてきた彼女は、自分がこの世にいることにも意味があったのだと、その言葉を聞いて泣き崩れてしまったそうです。生まれて初めて本物の、それも最高の愛情を史郎さんから受けた。そして恋に落ちたのも自然なことです」

車が動き出して、ロウドは目を伏せたままの真利子から視線を窓の外にやった。

「私にも……国というハードルを超えて、愛したいと思う人がいました。でも、結局最後は自分をとってしまった。だから、史郎さんとトレニアさんの勇気がいかほどのものか、わかります」

真利子は目を上げて、呟いた。

「そう、今という時代は、自分が第一。愛する人より、国より、未来より、まずは自分のことを、考えなくてはいけない時代なんです」

史郎とトレニアは、シティーホールの前に立っていた。

「史郎さん」

トレニアは輝くような笑みを湛えて、史郎の手をとった。

「さあ、結婚しましょう」

「ああ。ひざまずいて指輪をあげたいところだが。指輪も、膝をつく力もなくて。すまないね」

「いいわよ、膝ついたら二度と立てなくなっちゃうから」

トレニアはフフッと笑って、史郎を支えながら玄関の階段を一段一段ゆっくりと上がって行った。


タクシーから降りると、真利子はロウドが止めるのも聞かず、

「もう閉館です」

シティーホールの警備員が遮るのを振りはらって中に入り、戸籍課へと階段を駆け上がった。

真利子が息を切らせてフロアに出ると、戸籍課の受付で、トレニアと史郎が係の職員ともめているのが目に入った。婚姻届を職員につき返されて、トレニアは泣いて抗議している。

「間に合った」

そう吐いて真利子は、真っ直ぐ受付へと向かった。

「真利子」

史郎が娘に気づいた。血の気のない顔で、ようやっと立っている父に真利子は声もかけず、

「ちょうだい、私に」

トレニアの手からひったくるように婚姻届を取り上げた。そして、それを職員の前に改めて置いた。疑ってらっしゃるなら、と彼女は相手の目を見た。

「娘の私が保証人です。それでも信用できないなら、今、もう一人保証人が来ます」

やっと駆けつけたロウドを指して、真利子は言った。

「彼は『AGE』誌の記者です。記事にもなるこの結婚は、何一つ疑わしいところはありません」

「保証します」

ロウドも職員に向かって言った。史郎とトレニアは、夢でも見ているかのように、真利子の行為を見ている。

「わかりました。上司と相談させてください」

職員は婚姻届を持って奥に入って行った。言葉もなく立ち尽くしている老人と移民の女を、真利子は横目で見ただけだったが、呟くように言った。

「おめでとう」


今夜は肉が食べたいと剛が言っていたので、買い置きしてある簡易ディナーセット『ボリュームたっぷり肉料理ディナー』を二人分用意し、彼が来たら電子調理器のスイッチを押すだけにして、真利子はテーブルの上にグラスを並べた。本物のワインが微量に入っている、とっておきの合成赤ワインも出してきたが、衝動的に真利子はキャップをひねって開けるとグラスに注ぎ、

「ごめん、先にやってます」

飲み干した。テーブルの上の電子ボードには、病院にいる父から届いたメッセージが繰り返し流れている。

『ありがとう』

真利子はまたワインをグラスに注いだ。トレニアに支えられながら……いや、強く抱きあってシ

ティーホールの階段を降りてきた史郎とトレニアは、本当に幸せそうだった。ロウドが言うように。

『ありがとう』

真利子は恋人の剛がいつも座る椅子を見た。史郎のように、トレニアのように、自分は剛のことを愛しているだろうか？

「真利子」

驚いて振り向くと、剛がいた。

「びっくりした。いつ入ってきたの？」

「もう飲んでるの？」

剛は無表情で聞いた。

「ごめんね。ちょっと色々あって、疲れてしまったものだから」

そう、と剛はいつもの席に座った。

「今、食事作るから」

「いいよ、それよりも聞きたいことがある」

厳しい口調に、真利子の全身に冷たいものが走った。剛もそのような口調で言うのが辛そうに、ひと言、ひと言、彼女に告げた。

「結婚のことを両親に相談したんだ。そしたら変な話だと、理解してもらえなかった。最近始めた仕事が、ヘタすると大化けする仕事だから、ぼくが財産家になることを見越して、結婚したいんじゃないかと言われたよ」

真利子は、剛の目を見返した。

「そんなこと……そんな、私は」

ふるえている真利子の声を、剛は遮った。

「いいんだ。言わなくていい。そんなことは大事なことじゃないんだ」

剛は真利子の手を取った。

「ぼくが聞きたいことは、一つだけだ」

剛のまなざしに捕らえられたように、真利子は硬直した。

「本当に君は、ぼくのことを愛してる？」

その言葉に、衝撃を受けないではいられなかった。

「正直に話して欲しい。大丈夫だから。君の気持ちが知りたいだけだ」

恋人は、いつものやさしい口調になって言った。真利子は息をついた。空気のない場所にでもいるようだ。逃げ出したい。しかし、ここが正念場だと自分に言って、負けずに真っ直ぐ、剛を見返した。

「会社の倉庫で、最初にあなたに会った時、あなたは私のミスをかばってくれて、いい人だなと思った」

剛の表情がまた少しやわらいだ。

「ボーイフレンドが長いことといなかったから、誰でもいいからつきあいたかった。労働者だから悩んだけど、剛は頭が良くてカッコイイし、いいかなって。もちろん結婚なんて考えもしなかった。でも、あなたがビジネスを始めて、もう労働者ではなくなって、将来が楽しみになっていくうちに、本気であなたのことが好きになった。あなたを絶対に逃したくない、他の人に渡したくないって」

剛は彼女から目を逸らさず、聞いている。

「それが、あなたに対する私の愛情。私にとっては、それが『愛してる』ということなの」

剛の手から力が抜けて、真利子の手から離れた。

「愛してる。剛、あなたのことを愛してる……誰よりも」

彼は黙ったまま、落胆の表情を浮かべている。口元に薄《う》っすらと苦笑が現れて、

「君が、愛しているのは、ぼくじゃない」

真利子に背を向けて、剛は二度と訪ねはしない部屋を出て行った。

「正直に話したわ」

一人になった真利子は、そう呟いて、温めることがなかったディナーセットを、そのままゴミ箱に捨てた。


『——S橋駅の前を千鳥足で歩いていた彼が、なぜ、誰よりも幸せそうだったか。その理由を私は理解した。史郎のトレニアに対する愛情は、純愛をも超えたものだった。なんの利益も見返りも求めない愛情である上に、それは自分たちの結婚で国の未来に「希望」を見ようとするものだった。絶望の中でも、未来にかけようとする二人の気持ちが一つになった時、愛情はさらに強く結びついた。誰もが持てない献身の愛情で結ばれた二人が、幸せそうであり、真剣であったのも当然のことだ。対照的に彼の娘は、金も恋人も失った。彼女は、父親のような恋愛をいつかできるだろうか？

私自身も、史郎をうらやましく思うが、そのような愛情を人に注げるかは自信がない。国に不満を持っている人間は、自分の利益を追求する方向に流れやすい。それはJ国の人間だけではない。し

かし、国の底辺で苦しめられている人間こそが、悲惨な国、いや、悲惨な世界に希望を見出《みいだ》そうと、身を捧げて戦っているのだということを、この特集で伝えたかった。史郎とトレニアの婚姻の申請は、二ヶ月を経た今もまだ審査中だと最後に付け加えておく。この記事の掲載で動きがあることを祈りつつ。　　――弊誌記者、ロウド』

リサイクルセンターの中庭のベンチで、トレニアは『AGE』誌を開いていた。ロウドの文章の横で、S橋駅の広場に立っている史郎が、幸せそうに微笑んでいる。トレニアはそれに微笑み返した。そして、婚姻届が受理されたことを告げる戸籍課からの通知を、そのページにはさんで閉じた。

「ぎりぎりセーフよ。言ったでしょ」

受理された日に、史郎はそのことを知らずに息をひきとった。

「あなたは、しぶといって」

トレニアは目を指でこすった。けれど、シティーホールに婚姻届を出して、史郎が亡くなるまでの二ヶ月間は、本当に幸せな時間だった。なぜなら「希望」がそこにあったから。ひと泣きして、大きく息をついたトレニアは、髪を留めているピンクのクリップを取ると、頭を振った。そっちの方が好きだと史郎が言った、綿のような縮れた髪を風に揺らして、彼女は花壇にある自分と同じ名の「夏菫」に笑いかけた。

ナコの木

広げたところで意味がないとわかりながら、ロウドは車のボンネットの上に地図を広げた。かき集めた情報や証言によれば、この辺りである可能性が高い。しかし、その国は地図に形を表して載ってはいない。まさに「幻の国」だ。

「地上の楽園」「世界で一番幸せな国」「人間が原点に立ち戻り自然と共存して暮らしている理想郷」等々、まことしやかに噂では聞くが、その実態を正確に知る人間はいない。そんな絵に描いたような楽園が本当に存在するのか見つけ出し、取材して真偽を世界に向けて伝えたいと、F国の記者であるロウドは以前から意欲を燃やしていた。が、

「やはり幻で終わるか……」

彼から逃げているかのように目的の地は現れず、森に沿って延々と続いている道の途中で、ロウドはため息をついた。探し出すのが難しいのはしかたがない。国というよりは、それは一つの自治体に近いようだ。今いるのは、東の果てにあるZ《ジー》国という島国で、「幻の国」はそのZ国の本土の中に存在すると、これも噂だが言われている。Z国はそれを公式に認めてはいないが、自治権を持った小国があるという噂を否定はせず、「私たちはそれを完全に把握はしていない」と曖昧にしている。

「ミステリアスな噂を流して、観光客でも呼ぶ魂胆《こんたん》かもな」

独り言《ご》ちて、存在自体に疑いを抱き始めながら、車のドアに手をかけたロウドは、その手を止め

た。空耳ではなく、エンジン音らしきものが響いてくる。一台の車が森の陰から現れ、久々に見る対向車に、ロウドが興味を持って見つめていると、ブルーの車は静かに速度を落として止まった。

「故障ですか?」

運転席のウィンドウが下りて、若い男がロウドに声をかけてきた。

「いえ、違います」

ロウドは耳と首に装着している超小型の言語変換機を使い、相手の話すZ語に対応した。

「異国の方ですね。道に迷われたんですか?」

助手席から、連れの女が聞いた。

「まあ、そんな感じです」

ロウドが返すと、男はエンジンを止め、二人は車から降りてきた。自分に負けず背の高いカップルを見て、ロウドは目を見張った。美男美女という形容だけでは足りない。健康的で均整がとれた顔と肢体は、完璧な人間の形を描いたかのように神々しく、ダビデ像とビーナス像が手をつないで現れたのかと思ったほどだ。

「どちらに行かれるのですか?」

その美しさを意識している様子もなく、やわらかな物腰で友人にでも会ったような表情で話しかけてくる。

「知ってる場所なら、送って差し上げますが?」

ロウドは何と説明しようかためらったが、地元の人間なら何か知っているかもしれないと、笑われるのを覚悟で話してみることにした。

「『幻の国』を探しているんです」

案の定、男と女は顔を見合わせた。

「この辺りにあると噂で聞いて、F国から取材に来たのですが。ロウドといいます」

怪しい者ではないことを教えるために、ロウドはあらかじめ用意しておいたZ語の身分証明書を出して、二人に見せた。

「人々が幸せに暮らしている楽園、理想の社会を実現した、小さな国のようなものがあると。あくまで噂ですが」

男は、女の方を見て言った。

「それは、『パングゥ』のことだろうか？」

「たぶん」

女はうなずいた。

「そのように言われてるのかもしれないわね」

おそらく、あなたが探している場所を、私たちは知っています。お連れしましょう、と男はロウドに手を差し出した。

「ぼくの名前は、タロ」

ロウドはその手を握って返した。

「私のことはナコと呼んでください」

きれいなだけでなく、しっかりとした働き者の手の感触だ。

「私たちが暮らしているところ、パングゥにご案内します」

男が言って、美しいカップルはロウドに微笑んだ。

誘導するブルーの車の後ろについて、自力で見つけるのは不可能だったと改めて思わせる、森の中の迷路のような道を三十分ほど走ると、突然、深い森が開けて、町のようなものが一望できる丘の上に出た。

「ここが……」

車を降りて、ロウドは町を見下ろした。四角い焼き物をのせて葺《ふ》いてある独特の屋根が、区画に合わせて整然と並んでいて、たまに高さのある建物も見える。目抜き通りがあって、車も走っているし、地方や郊外にありそうな町という印象で、どこかがっかりしている自分にロウドは気づいた。幻の国という言葉に、黄金に輝くような見たことがない眺めを期待していたのかもしれない。そんなものが、あるわけもないのに。タロとナコが横に来て、ロウドに告げた。

「ぼくたちが暮らしている土地、パングゥです。国というよりは、独立自治体地域、とでも言った方が正確かな」

なるほどとロウドはうなずき、自分の仕事を思い出して頼んだ。

「取材の許可を取りたいので、自治体の窓口、役所のような所があれば、そこに連れて行ってもらえませんか？」

役所……。タロはアゴに手をやり考えている。ナコがタロを見て言った。

「今夜のミーティングに、お招きしたらどうかしら」

「うん、それがいい。皆にあなたを紹介しよう」

それまで私たちの家に来てお休みください。F国からの長旅の上、道に迷われてお疲れでしょう。

美しいナコに微笑まれて、ロウドもそのありがたい言葉を受け入れない理由はどこにもなかった。

丘の上から見えた町の中心地から離れると、すぐに家はまばらになって、どこも隣に畑を持っている郊外型の家が多くなってきた。焼き物をのせた重そうな屋根を、太い木の柱と土壁でしっかり支えている家は、飾り気もなく実質的だが、存在感がある。たまに見る農道を歩いている人も、見かけは地味だが、労働で鍛えたしっかりとした体つきをしている。次第に人家も少なくなり、畑と森しか視界に入らなくなってきた、町からはずいぶんと離れた場所に、タロとナコは住んでいた。その辺りは麦畑や、野菜畑がどこまでも広がっていて、その中にぽつんとある彼らの家も、大きな納屋付きの家で農家であることは間違いないように思えた。ところが、タロとナコに招き入れられて、家に一歩入ると、大きな居間の壁はぐるりと全て本棚で、

「これは、すごい」

並ぶ本を見てロウドは声にした。Z語は読めないが、何かの専門書であるのが本の厚さでわかる。

「何かの研究をなさっているのですか？」

「生態系や、生物工学の研究を」

タロが答えた。学者なのだろうかと、若くて逞《たくま》しい彼と蔵書を見比べていると、ナコが窓際の自然木で作った椅子に座るよう勧めた。ふしだらけなのにとても座り心地がいいそれに腰掛けて、ロウドは庭先から始まっている広大な野菜畑を眺めた。

「全部が研究のための畑なのですか？」

「でもありますし、もちろん、食べるための畑でもあります」

ロウドの質問にタロは返した。

「私たちはファーマーなので」

ナコも自信のある笑みを浮かべる。ロウドの国では、学者と農家は別の職種だが、彼は両方を兼ねてやっているらしい。

「生態系を壊さないで、人間が食べるだけの作物をどのように作り出すかが、ぼくの研究テーマです。ほら、いらっしゃった」

タロが指差す方を見ると、初老の夫婦が畑に断りもなく入ってきて、勝手に野菜を引っこ抜き始めた。タロは窓を開けて、夫婦に大きな声で呼びかけた。

「その横に、うすい緑のカブがあるでしょう！　そう、それです。今が食べ頃ですよ」

初老の夫婦は笑顔で手を挙げて、カブを抜くと、大きなカゴにひと山野菜を持って帰って行った。見送りながらタロが説明した。

「パングゥの人々の大半は、小さな畑や家畜を持っていて、食べ物に関しては自給自足に近い形で暮らしています。でも彼らは町の中心に住んでいる人で、畑を持っていないので、私たちファーマーから野菜をもらっていくのです」

「もらっていく。というと、お金は取らないのですか？」

お湯をポットに注ぎながら、ナコはうなずいた。

「パングゥでもZ国の通貨を使えないことはありませんが、ほとんどそれを必要としないで生活しています。私たちも、肉やミルクが欲しければ、それを作っている農家に行って、服が欲しければ、町で作っている人のところで、それをいただいてきます。必要な分だけを」

非常に興味深い話にロウドは目を輝かせた。

「素晴らしいですね。通貨を必要としない、物々交換で成り立っている自治体が本当に存在するとは。信じられない」

それが本当ならば、この国が楽園とか理想郷と呼ばれているのもわかる。ロウドはナコが淹《い》れてくれた、疲れを癒すという薬草茶を啜って、

「いい香りですね」

長椅子に寄り添って座っているナコとタロを見た。この二人は結婚しているのだろうか。そもそもパングゥには、結婚制度というものがあるのだろうか。理想郷であるならば、どのようにして男女の形はあるのか、興味をかきたてられて、取材許可を得るのを待てず、ロウドは二人に語り始めた。

「世界で読まれている『AGE』誌の記者である私は、世界中の国を取材して文化の違いを紹介してきました。最近、取材の中で必ず取り上げているテーマは、結婚制度です。人間の生き方を考える時、この制度は大きな要《かなめ》になってくるからです。私が生まれたF国では、八十年ほど前に結婚制度を廃止して、生まれた子供は自治体が育てるという社会システムを作り上げました」

「知ってます。他の国もそれを真似しているが、F国ほど完璧なシステムにはなっていない」

タロが聡明な口調で返した。ナコは本棚から『AGE』誌のバックナンバーを出してきた。各国のアグリカルチャーを特集した時の号だ。

「Z国の図書館からいただくリサイクル本で、すみません」

読んでいただける機会があるだけで嬉しいです、とロウドは微笑んだ。そして目の前にいる、光

を放っているようなカップルを見つめ、記者として切り込んだ。

「お二人は一緒に暮らしてらっしゃる。しかし、パングゥにも結婚制度はないように思うのですが？」

通貨を使わないユニークな自治体であるなら、それはないに違いないとロウドは確信をもって予想していた。

「ええ、ありません」

タロが答えた。ナコも微笑んでパートナーを見つめた。

「私たちは出会って、互いに相手のことが好きになり、心から愛しあって、いつも一緒にいたいと思ったから、この家を作りました。パングゥのみんなが、そのために必要な材料や労働力を提供してくれました。そして二人でここに暮らしています」

いとおしげにナコの手を取って、タロも語った。

「あなたが地図で探せなかったように、パングゥには線で引くような国の形はありません。同じように、ものの値段もない。結婚という決まりごともありません。それらは人に決められることではなく、全て自分で考えるものだからです」

予想は、予想を上回って返ってきた。ロウドは続けて問いかけることを忘れた。なぜならその言葉は、自然界の精霊か、天上の人に告げられたかのように、輝かしいものに聞こえたからだった。

植物由来の燃料を使っているというブルーの車の後部座席に乗って、ロウドは町の中心へと戻った。月明かりの下で森はしっとりと影を落とし、青く光っている畑からはむんとするような植物の強い香気が漂ってくる。遠くに見える家の窓には、橙色《だいだいいろ》の灯《あか》りがともり、このノスタルジックな風景こそが、現代において楽園と呼べるものなのかもしれないと、窓から眺めているロウドも、穏やかな気持ちになっていくのだった。

次第に建物が多くなってきて、タロはミーティングが開かれるというホールの前で車を停めた。闇の中を、車や徒歩で人々は静かに集まってきて、ロウドもその集団に加わった。

「どこでも、お好きな席に」

声がよく響く高い天井を見上げているロウドに、タロは勧めた。家と同じく簡素だけれども、しっかりとした太い柱と梁《はり》で造られた八角形のホールには、国旗も、キャッチフレーズの垂れ幕も、宗教的なシンボルもない。大きな輪を描くように、同心円状に三百席ぐらいの素朴な木の椅子が並べられているだけだ。よそ者の自分がそこに座っていいものかためらっていると、ここは誰が来てもいい場所だから、とタロに言われて、ロウドは後方の席を選んだ。そこから見回してみても、議長席のようなものも、演壇のようなものもない。思い思いに人々は座り、席は埋まっていった。来たけれども席がなかった者は、皆に挨拶だけして、嫌な顔もせず帰っていく。

「では、始めましょう」

輪の中に座っている一人の男が声を発した。

「彼が、議長ですか?」

ロウドの問いに、タロは首を横に振った。

「たまたま彼が、最初に声をかけただけです。あなたがそれを言ってもいいんですよ。パングゥには、他国で言うところの市長も、議員もいない。誰が何をやるという役割もない。みんなで集まって、話し合いをして、皆が話し合ったことをそれぞれが記録して、次のミーティングに持ってくる。そのように進めています。議題も好きに持ち込んでいい」

確かに理想的な形であるが、そんなことが可能なのだろうか？　聞いただけでは信じられずロウドは、何もないホールの中心を見つめて座っているパングゥの人々を観察した。皆、タロやナコのように穏やかな表情をしていて、音楽でも聴きに来ているようだ。

「よろしければ、私の材木工場のことを、相談したい」

背の低い中年の男が手を挙げて、発言した。

「最近、Z国からの注文が多くなってきて、懸念している。ありがたいが、個人的には、それに対応して工場を大きくしたり、生産量を増やしていくようなことは避けたいと思ってる」

白髪まじりの男が手を挙げて、それに返した。

「確かに近年、パングゥ製品の人気が高まってZ国への輸出が増えている。ともなってZ貨も入ってくるが、工場を大きくしてまでそれが必要かどうかということだ」

材木屋はうなずいた。

「しかし、研究や生活のためにZ国から輸入したい物があって、今後Z貨がさらに必要だという人がいれば、遠慮なく言って欲しい。それによっては工場の拡大も検討する」

タロが手を挙げた。

「昨年は、試験栽培に必要な機器やデータなどをZ国から購入していただき感謝しています。それによって生態系を壊さない作物の開発は順調に進んでいます。研究成果を将来、皆さんに還元できそうですが、これ以上の投資は当分は必要ないように思います」

ロウドの前に座っている女性が手を挙げた。

「余分なZ貨はいりませんが、医療機関などが必要に応じて薬や機器などをすぐに輸入できるよう、蓄えておくことは必要に思います」

医療関係者であるという女性がそれに返した。

「ご存じのとおり私たちの医療施設では、人間が本来持っている自然治癒力を復活させるというアプローチで治療に取り組んでいます。なのでZ国の薬品会社が勧めるままにそれを購入するつもりはありませんが、新型ウィルスが入ってきた場合など、小さな共同体では感染リスクが高いので、最低でもワクチンを購入する予算などはおさえておきたいです」

白髪まじりの男はノートの記録を見ながら穏やかに返した。

「そのぐらいの貯蓄は充分にあるから心配しなくていいと思う。そこまで必要にせまられていなければ、慌てて工場を大きくするべきではない」

ロウドはポカンと口を開けて聴いていた。家族会議のような話し合いで、ミーティングは滞りなく進んで行く。それも輸出入や生産を極力抑えようという、現代社会とは真逆な方向で皆の意見が一致している。狐にでも化かされているように思っていると、

「ロウドさん」

隣のナコが囁いた。パングゥを取材なさりたいなら、ここで皆にお話しになるのが良いと思いますが、と彼女はロウドに勧めた。

「私たちから、ロウドさんを紹介しましょうか？」

「そうですね。でも、せっかくですから、私も皆さんと同じように自ら発言してみます」

他にも議題がいくつか出て、それらが終わるまで待って、ロウドは手を挙げた。

「こんばんは、パングゥの皆さん。突然おじゃまして申し訳ありません。私はF国から来た者で、ロウドと言います。探し続けていた『幻の国』に、ついに足を踏み入れることができて大変幸せに思っております」

ロウドの近くに座っていた老人が笑顔で言葉を返した。

「ようこそ、パングゥへ。幻の国なんかじゃないが、こんな辺鄙《へんぴ》な場所によくいらっしゃった。私たちは心からあなたを歓迎します」

老人は立ち上がって手を叩き、会場から拍手が起こった。ロウドも立ってそれに応えた。

「私がここに来た理由ですが」

ロウドは『AGE』誌の記者であることを打ち明け、取材許可がもらえるならば、理想的な社会を作り上げているパングゥを、ぜひ世界に紹介したいと申し出た。

「私は今まで、色々な国を取材してきましたが、どの国の制度も一長一短で、全ての人が幸せに暮らしている完璧な社会システムというのは未だ見たことがありません。もしここ、パングゥが奇跡の国であるなら、その知恵をシェアさせて欲しいのです」

円座の向こう側に座っている、ロウドと同じ三十代前半ぐらいの男が手を挙げた。作業着を着ているから技術者か労働者だろう。

「ロウドさん、お話はわかりました。でも、私たちは、あなたに取材の許可も与えないし、許可を与えないこともしない。どうするかは、あなたが考えて決めることです」

その男の隣に座っている、やはり日焼けした美しい女性が手を挙げた。

「現在パングゥの人口は約八千四百人です。通貨を使わない、法律もない、役割も作らない。自主性にまかせ、自然な心の動きと理性だけで、この家族のような共同体が維持されているのは、おっしゃるとおり奇跡かもしれません。でも、どのくらいのマスまでこの形が保てるかは、わかりません。あなたの伝え方次第でパングゥの人口が急激に増えることになってしまったら、この共同体の崩壊も同時に起きる可能性があります。そのことを忘れずにいて欲しいです」

ロウドはその言葉を重く受け止めた。

「なるほど、わかりました。では、取材するかどうかを含めて考えさせてください。滞在している間は、皆さんと同じように私も何かをパングゥに還元したい。Z貨は充分にあるというお話なので、私にできること、出版物を作る手伝いとか、学校などで他国の話などをさせていただけたらと思います」

タロとナコは満足そうにロウドを見てうなずいた。

「ロウドさん、好きなだけ、ここに滞在してください」

また別の方向から、若い男が笑顔でロウドに声をかけた。

タロとナコの家に滞在し、彼らが作る野菜を毎日食べているロウドは、自分が今まで食べていた野菜など、紙切れみたいであったと実感していた。ナコが食卓に運んでくれるそれは豊かな大地を食べているように香りが強く深い味がして、世界中で美味とされるものを食べてきたロウドだが、パングゥの野菜は世界一であると断言できた。

「何が幸せであるか。ここに来てから改めて学ぶことが多い」

作物の成長具合を見てまわるタロと一緒に歩きながら、ロウドは呟いた。

「ロウドさんのように、本当の幸せとは何かを追い求め、旅をしていた人たちが、東の果てにあるZ国という島国に行き着いた。そしてさらに東の奥地に、自然環境が奇跡的に残っている土地を見つけ、パングゥを作ったそうです。他国ほど長い歴史を持ってはいませんが、私たちはこの地を愛している。大切にしたいから、どうしたらよいかを日々考えているのです」

タロは指の太さぐらいの白いダイコンのようなものを抜いて、ロウドに渡した。ロウドは土を落として、かまわずそのまま齧《かじ》った。苦くて甘い汁が口の中に広がる。タロはしゃがんだまま手入れが行き届いた畑を、真剣な表情で見つめた。

「この畑は父から譲り受けたものですが、広すぎるので半分にして、自生する草木や雑草の生える場所に戻そうと思っています。長いこと人間が改良してきた野菜も、少しずつ野生の形に戻していこうと思います。極力自然のままの環境で、作物を作りたい。自然を壊さず、私たちが食べるものをぎりぎり必要なだけ作るのが目標です」

野生に戻ろうとしている野菜だからこそ、深い味なのだとロウドは納得した。畑を森に返す。工場を大きくしない。薬は使わず自然治癒から試みる。ホールで話されていたことも「減」の考え方だ。

「野菜の味と同じだ。驚きだ、こんな国があるとは」

ロウドはパングゥの全てに感銘を受けていた。けれども、記者という職業柄、どんな時も疑う心を、胸のどこかに残しておくことも忘れない。確かにここは楽園と言っていい。欲深い人間たちが生み出した「増」の現代社会は、結果、崩壊の道にある。パングゥはその問題に早く気づいた賢人たちが作り上げた、理想郷である。でも理想だからこそ、どうしてここまで実現できるのか。ロウドを納得させるには、やや不透明なところがある。その表情を察してか、タロが微笑んだ。

「ここにしばらくいれば、驚きではなくなる。全てがなんてことないことに思えますよ」

素晴らしいものを目の前にしても素直に信じられないことこそが、自分がすっかり現代社会に汚染されている証拠なのかもしれない。ロウドは思考を払うように伸びをして、新鮮な空気を深く吸った。

「ナコさんは、どこに行かれたのですか?」

「ネクという男の家に行ってます。彼の家にはピアノがあって、それを弾かせてもらうのがナコの楽しみなんだ。ネクは素晴らしい音楽家なんだが、料理に関してはひどくて」

ネクというその男が、二人の野菜を料理して炭のようにしてしまったエピソードを語り、タロは笑った。

「ナコにピアノを弾きに来いと言うのは、料理を作りに来て欲しいということなんだ。彼が料理の上手い女性にめぐり逢うまで、ナコは彼にとって嬉しいお客さんだよ」

何かが心の奥でひっかかるのを再びロウドは感じた。

「そうだ。ナコがいない間に、あなたにだけ見せよう」

タロは少年のように意味ありげに笑みを浮かべ、ロウドは導かれるままに彼について行った。畑の近くにある原生林の中に踏み入り、しばらく分け入って進むと、一本の低木の前に彼は来た。苔《こけ》と落ち葉でふんわりとしている地面に根を下ろし、木漏れ日の光を浴びて気持ちよさそうに枝を伸ばしている。

「これはぼくが苗から育て、植林した新種の木です。十数本この林の中に密かに植えてある。もう少しで花が咲きます」

言われて見ると、枝には膨らんでいる蕾《つぼみ》がたくさん付いている。

「なんの木ですか？」

「薔薇《ばら》でもあり、林檎《りんご》でもあります」

実は、これを育てていることはナコにも秘密です。必要もないのにタロは声をひそめた。

「ぼくから、愛する彼女への贈り物です。食べる林檎としては不充分な、小さくて酸っぱい実が付きます。観賞用の薔薇としては地味な五弁の、限りなく白に近い薄紅の花が咲きます」

タロは、ナコを見つめる時と同じ目でそれを見つめている。

「ナコは、きっと気に入ってくれると思います」

ロウドは、この木に名前はあるのかと、彼に聞いた。タロはその質問に目をパチクリさせた。

「木の名前？　考えもしなかった。ぼくの中では、ナコにあげる木、と呼んでいたけれど」

「じゃあ『ナコに捧ぐ木』かな」

「『ナコの木』で、いいかもしれない」

タロは、そのしなやかな枝にそっと触れた。


ロウドが驚いたことには、ナコがネクという男の家から帰ってきたのは、翌朝だった。

「ネクが素晴らしい新曲を作っていて、楽譜を書いたり、代わりにフレーズを弾いてあげたり、夜通しそのお手伝いをしたの」

ナコは興奮冷めやらずという口調で語り、タロも、それは良かったね、と笑顔で彼女の話に耳を傾けている。報告を終えるとナコはひと眠りすると言って長椅子に横になり、タロはブランケットを彼女にかけてやると、いつものように畑へと出て行った。ロウドは窓から、作業に精を出すタロをしばらく見つめていた。献身的に愛しているパートナーが、独り者の男のところで一晩過ごしてきても、彼は顔色ひとつ変えない。この楽園で暮らしていると、精神までも天使のように無垢《むく》になってしまうのだろうか？　記者として、抑えていても興味と疑問が湧いてきて、つっこんで取材をしたいという欲求がロウドの中で高まってくる。また、自分の実体験を通して、賢人が作り上げたパングゥというユニークな社会を世界に伝えることができれば、現代社会に行き詰まっている人間がそれを読んで何かに気づき、多くを学ぶに違いない。しかし取材をする、記事にするということは同時に、ひっそりと幸せに暮らしているパングゥの人たちを、多くの人の目にさらすことを意味している。自分で決めろと言われ、厳しい選択をまかされているロウドは、パングゥの住人と同じように、この共同体の幸せについて真摯に考えなくてはいけない立場になっているのだ。すでに自分はパングゥの人になっているのではないかとすら、彼は思う。ならば、とりあえずはミーティングで約束したことを実行しようと、ロウドは再び町の中心へと出かけて行った。

蔵書に関して客観的なアドバイスをもらえないかと頼まれ、町の図書館に赴いたロウドは、図書目録を、翻訳スキャンでF語に変換して、目を通していた。

「歴史に関する書物が充実してますね」

「そこから色々と学べますから」

ミーティングで発言していた白髪まじりの男がロウドに返した。彼も畑を持ちながら、合間に司書の仕事もしているという。町の中心にあるこの図書館は、八角形のホールと同じぐらいの広さがあるが、Ｚ国のそれに比べたら十分の一にもならない規模だろう。腕のある者が集まって作ったという書架は、やはり同心円状になっていて、見てまわっていると迷路の中に入ったように感じられるが、図書目録を見てその内容にもロウドは驚かされた。

「何か足りないと思われるものはありますか？」

限られた数の中で、感心するほど広い分野にわたってそろえられた本は、吟味されたものばかりで、知識や情報を得るには充分だと思われた。

「いくらでもここで時間をつぶせそうです」

ロウドは笑って答えた。

「強《し》いて言うなら、娯楽的なものが、もう少しあってもいいのでは？」

「そうなんです。そういうものが、つい二の次になってしまって。息子もここには娯楽が足りないと、よく文句を言っていた」

過去形であることに敏感に反応して、ロウドは聞き返した。

「今、息子さんは？」

司書の男はロウドを無言で見つめ、そして答えた。

「彼は、旅に出ています」

不思議な返答だったが、これ以上突っ込むと「取材」になってしまう恐れがあり、ロウドは自制してそれ以上は訊ねなかった。二人はしばらく目録に視線を落としていたが、

「ロウドさん、パングゥの生活はいかがですか？」

司書の男から聞いてきた。

「ここで暮らしてみたいと、思われますか？」

「それは……確かに、考えなくもありません」

ここが本当に、楽園ならば。タロとナコのように、ある女性と一緒にここで暮らしたい。実は、記者としての欲求とは全く別に、ここに来てからそのように思うこともある。

「ロウドさんは」

司書の男は、ちょっと間を置いて言った。

「仕事のためだけでなく、他の理由でも『幻の国』を探していたのではないですか？」

その鋭い問いかけに、ロウドは返す言葉を失った。言われるまで、それを自覚したことはなかったが、確かにそのような思いがどこかにあったのかもしれない。

「以前、N国という国を取材した時に、出逢った女性がいます」

真剣に耳を傾けている相手に、ロウドは打ち明けていた。

「私は結婚制度を捨てた国で育ち、彼女は結婚制度に固執する国で育ち、価値観の違いに怖《お》じ気《け》づいて、私は彼女から逃げた。でも、彼女のことを今も愛しているし、忘れることができません」

ロウドは自分自身にうなずき、

「確かに彼女とここで暮らせたら、新しい価値観で一からやりなおせるかもしれないと――」

司書の男に告げた。

「――夢見ることもあります。でも、その一方で……」

「パングゥのことが、まだよくわからない」

また驚いて、ロウドは相手を見た。

「あなたの気持ちはよくわかります。疑問を持つのは人間の仕事です。それも自然なこと。答えはいつか見つかります」

男の温かい手が、ロウドの肩にそっと置かれた。

「考えるのはあなた自身ですが、私たちは、いくらでも相談相手になります。何でも聞いてくださ い。パングゥでは、誰もがあなたの家族で、友人で、カウンセラーです」

ありがとうございます。答えが出るまで、自分ができる仕事があればなんでもやりたい、ロウドは改めて申し出た。


「ロウドさん、昔からここにいる人みたいだわ」

ロウドが野菜の収穫を手伝っていると、ナコがやってきて言った。

「そうですか」

笑って手の土を払いながら、ロウドもこのまま自分が居着いてしまいそうな気がしてきた。ものいたげにナコの顔を見ていたロウドは、口を開いた。

「ネクさんに、会ってみたいのですが」

司書の男と話してから、記者として取材するのではなく、自分自身のために、パングゥの住民に少し突っ込んで色々と聞いてみるのは許されるのではないかとロウドは考えるようになった。愛する人とここに住む可能性を考えるために、あくまで自分のためのリサーチなら、問題はないはずだ。

「ネクに？」

まず、ネクという男に会って話をしてみたかった。タロとナコの関係を知りながら、平気で彼女を自分の恋人のように扱う男が、どういう男なのか。ロウドの国、F国も結婚制度がないので、男女の関係も束縛はなく寛容だが、言い換えれば、自分本位で、関係も長くは続かない。だからこそ、このように純粋で誠実な人たちの国で、なぜ、それができるのか、ロウドは大いに興味がある。

「彼のピアノの演奏を、ぜひ聴いてみたいと」

「ネクもあなたに会いたいって言ってたのよ！」

ナコは大いに喜んで、明日にでも一緒に遊びに行きましょう、と約束した。

「やあ、ロウドさん、来てくれて嬉しいよ！」

陽気な通る声で迎え、いきなりハグをしてきた男は、ミーティングで最後に「好きなだけ、滞在してください」と言った彼だった。音楽家という神経質なイメージはなく、タロよりもタフな感じでエネルギーが漲《みなぎ》っている。タロとナコの家からさほど遠くないところにある彼の家は、大きくはないがシンプルで、ピアノは奥の部屋にあるようだった。ナコは自分の家のようにキッチンに入って湯を沸かし始めた。

「ナコ、お客様だから、とっときのコーヒーを淹れよう」

ネクも自分の妻のように、ナコに声をかける。間もなく芳《こう》ばしい匂いが家中にたちこめて、ロウドはパングゥの外の世界を久しぶりに思い出した。Z国のエアポートで最後にそれを飲んだのが、遠い昔のことのようだ。

「パングゥでコーヒーを飲むのは初めてだ」

一口飲んで、それが親しみある合成コーヒーだとわかった。

「でしょう。おそらく、この家にしかない」

ネクはそれをすすって、満足げにうなずいた。ナコは、私には強すぎるから、と野草茶を飲んでいる。

「私も外から来たんです。あなたのように」

楽譜とコーヒーだけをZ国から持ってきたと、ネクは笑ってカップを置いた。ナコが、目を大きくして彼の顔を見た。

「そうだったわね。私すっかり忘れていたわ」

ロウドは、大変興味深いリサーチ対象にめぐりあえた幸運に感謝した。

「すっかりパングゥの人になられているんですね」

「そんなに時間はかかりませんよ」

ネクは意味ありげにロウドに言って窓の外を見た。そこにはやはり、作物を育てている小さな畑がある。

「私の場合、音楽と向き合える場所は、ここ以外になかったから」

創作をする者にとって、パングゥが最高の環境であることは想像できた。しかしここでは、名声や富とも別れを告げなければならない。

「ここに来るまでは、音楽を自分のものにしようと必死だった。でも今は、自然の恵みと同じように、自分の上に降り注いでくるものを、手のひらで受け止めるだけで、充分です」

ネクは手のひらを上に向けた。

「ネクの曲はとてもやさしいわ」

「昔、ぼくがZ国で演奏してた曲を聴いたら、コーヒーを飲むより気分が悪くなると思うよ」

二人は笑った。ロウドは楽しげに冗談を言いあってるナコとネクを黙って見ていたが、

「お二人は仲がいいですね」

挑発的に言った。

「そうだね。彼女と出会えて、ぼくは幸せだ」

と言うネクを、ナコも微笑んで見ている。

「まるで、恋人同士のようだ」

その言葉に二人はロウドを見たが、表情は変わらず穏やかで、違う反応を期待していたロウドの予想は裏切られた。ネクは喜んでさえいる。

「そのように見てもらえるのは嬉しいね」

「素敵ね」

ナコも照れたように言う。あまりに純粋な二人に、さすがのロウドも拍子抜けしていると、

「あなたが疑問に思うのは、わかります。私も外の人間でしたからね」

ネクはロウドを真っ直ぐに見て言った。

「でも、ナコがこうやって遊びに来てくれることが嬉しい。本当にそれだけなんです。あなたが今日、来てくれたのも同じように嬉しい」

ネクは立ち上がって、ピアノがある部屋の扉を開けた。

「新曲を弾きましょう」

彼は古いピアノの前に座った。見かけからは想像できない、全身を通り抜けていくような奥行きのある音色が響きわたり、ロウドはすぐに生の演奏に魅了された。やさしい、とナコが言うのがわかる。

「ここに住むと、自分が大事にされていると感じる。だから自分も他人を大事にしたくなる」

ネクは弾き語りのように話した。

「恋人同士の関係も、そうでない関係も、ここでは平等に密接です」

だからこそ、と彼は言った。

「人を愛することに、積極的になれる」

やさしい、美しすぎる、なめらかすぎるようにも思う、その曲は終わった。

「その金茶の鋭い目が、信じられないと言ってますが」

ネクは鍵盤から手をおろして、客の方を向いた。ロウドも微笑んで返した。

「仕事柄、しかたないんです。最後に一つ聞いていいですか?」

ナコがコーヒーを温めに部屋を出ると、ロウドはネクに問いかけた。

「ナコが、もしタロと別れたら?」

「そんなことは起こらない」

「もし」です、とロウドは引き下がらなかった。

「今と同じままの関係を、ナコと続けますか?」

ネクはピアノの鍵盤に目を戻して考えていたが、答えが決まると、ロウドを見た。

「それは、その時のぼくの考えを信じよう」

ロウドはうなずき、良いものを聴かせてもらったと、礼を言って、いとまを告げた。

「貴重なコーヒーを、ごちそうさまでした」

「よかったら、残ってるコーヒー全部差し上げますよ。ぼくは、さっきので最後にするよ」

ネクは帰り際に、またロウドをハグした。また遊びに来て欲しいと、温かい笑みを浮かべて。それが偽りの笑顔でないことは、ロウドもわかった。

その夜、耳から離れないピアノの曲とともに、ロウドは窓の外を見ていた。今日は新月だが、目が慣れてきたせいか畑のディテールが闇の中に見てとれる。すでにそれは、線を引いてきっちり分けた形から変化し始め、野生に戻りつつある作物は思うままに広がり、やわらかな曲線を描いている。

「眠れないのですか?」

タロが、声をかけてきた。

「久しぶりにコーヒーを飲んだからかな」

ロウドはタロに微笑んで、ナコの木が密かに育っている林の方を見やった。

「以前は、こんなことはなかったのに」

タロも同じ方向に視線をやって言った。

「人間も植物と同じです」

環境に適応し、変わっていく。吸い込まれてしまいそうな闇を、以前よりも恐れていないロウド自身が、それを実感していた。

「そろそろ、咲くかな」

タロは林を見つめて呟いた。


「ナコ、見せたいものがあるんだ」

数日後、タロはナコに告げて、秘密の木が植えてある林へと二人は出かけて行った。しばらくして戻ってきたナコの髪には、限りなく白に近い薄紅の、木に咲く花が挿してあった。

「ロウド見て！　このお花、素敵でしょう！」

頬を染めて花を見せるナコは、いつも以上に美しく輝いて、幸せそうであった。タロも、自分の贈り物が愛する人を飾っているのを見つめ、幸福感に満ちている。わざとロウドは彼女に聞いた。

「その花の名前は？」

「ナコ」

ナコは少し恥ずかしそうに答えた。彼女の表情を見て、ロウドは自分が愛した女性をそれに重ねた。「アマナ」と、自分が花から名付けた人。彼女が、ナコのように心から笑うのを見たいと思った。ここならそれが現実になるかもしれない。まだ疑問は残っているが、それこそ完璧なものなど、この世には存在しない。パングゥは今の時点では、限りなく理想に近い共同体であり、地球上で唯一、楽園と呼べる場所だ。世界一幸せそうなタロとナコを見て、ロウドは信じる気持ちになった。この土地に賭けてみよう。ロウドは二人に言った。

「パングゥを取材して世界に伝えることは、しないと決めました」

タロとナコは、新しい友人を見て返した。

「私も、畑と家を、パングゥに持ちたいと思います」

ロウドが差し出す手を、二人は満面の笑みで握った。


タロからの贈り物は幸せなナコをより幸せにして、朝起きてから夜ベッドに入るまで、タロいわく、寝ている時すら笑みを絶やさず、彼女は毎日を過ごしていた。ロウドの移住計画も心から喜んで、どこかに素敵な空き家がないかしらと、ナコは積極的に聞いてまわってくれている。

「早く、あなたの大切な人をここに呼びなさい」

ナコに言われて、ロウドは、生涯で一度だけ本気で愛した女性に手紙を書き始めた。けれども、一度逃げた自分を許してくれるか、彼女はここに来てくれるだろうか、と考えだすと不安で、筆はすすまなかった。そんなロウドを見て、大丈夫よ、絶対うまくいく、とナコは明るく励ましてくれるのだった。

ところが彼女のその顔から、突如として笑みが消えてしまったのは、次のホール・ミーティングがあった日の夜だった。タロとナコと一緒に再びミーティングに参加したロウドも、ホールに入ったとたん、若い女性の多くがナコと同じように、限りなく白に近い薄紅の花を、髪や胸に飾っているのを見た。間違いなくそれは「ナコの木」の花だ。

「どうして?」

ナコはそれでも感情を露《あらわ》にせず、遠慮がちにタロに聞いた。なぜ、私がもらったナコの木の花を、みんなが持っているの? と。タロは無邪気に返した。

「もう秘密ではなくなったからね。いつも野菜を取りに来る人たちにあの木の話をしたら、ぜひ見たいと言うから、林の中だと教えたんだ。見に来た男たちが、同じように彼女にプレゼントしたんだろう」

そうなの、とナコの声は明らかに小さかった。

「大丈夫だよ。あの木は一本ではないから、花はなくなりはしない」

タロもナコが元気がないのを察して、やさしく言った。

けれども、家に帰ってきてもナコの顔に笑みは戻らなかった。タロもそれに同調して暗い顔になり、無言で向き合っている二人に遠慮して、ロウドは自分の部屋に引きあげた。ベッドに横になっていると、開いている窓から夜風とともに隣の部屋の会話が聞こえてきた。盗み聞きしては悪いと思いつつも、常にパーフェクトである二人が、今夜に限って深刻な雰囲気であることに興味をそそられ、ロウドはじっと耳を傾けた。

「野菜と同じように、あの花だって、みんなのものなんだよ」

タロは静かにナコに言い聞かせている。

「わかってる。でも、あの花は、もうしばらくは、私だけのものであって欲しかった」

彼女の気持ちがロウドにはよくわかった。ナコにとって、あの花は特別なものだったのだ。それを他の女性たちが断りもなく自分たちのものにして、好き勝手にそれで飾っていたのだから、あんなに喜んでいただけにショックは大きかったに違いない。

「それはできないよ」

「誰にも言わないで育ててたじゃない。秘密のままにして、私とあなただけの木にすればよかったのよ」

「君は、あの木を独占したいわけだ」

しばらく沈黙が続いた。

「あの木は君に贈ったものだ。誰があの花を持っていても、それは変わらない」

タロの言うことも正しかった。けれどナコは納得できないようだった。

「作物は、生きるために皆が必要とするものだから、互いに分け与えなくてはいけないわ。でも、あの花がなくても、みんな死にはしない」

感情を抑えきれず、声が掠れている。

「あの花……あなたから愛情と一緒にもらった『ナコの木』の花。それを必要とするのは私だけよ」

タロの返事はなかった。また沈黙が続き、会話はそれきり終わったようだった。庭を照らしていた灯りが消えて、二人は寝床に入ったようだ。ロウドは暗闇の中で、二人のことを案じながらも、どこかホッとしていた。ここに来て、初めて人間らしい会話を聞いたように思えたからだ。


翌朝も、二人は見るからに元気がなかった。タロは平静を装ってはいるが、ナコの口数は少ない。

「ネクが風邪をひいてるみたいだから、食事を作りに行くわ」

ナコはそう言って、家を出て行った。タロはそれを見送って、自分も畑に出る支度を始めた。けれど一度かぶった麦わら帽子を脱いでテーブルに置いた。

「ぼくは間違ったことをしただろうか？」

彼に問われて、ロウドは首を横に振った。

「でも、ナコの気持ちも、よくわかる」

ロウドが返した言葉に、タロは反発もしなかった。無言のまま、彼は畑に出て行ったが、明らかに作業ははかどっていないようで、ナコの木がある林をぼんやり見つめているタロの姿を、ロウドは何度か見た。

夕方になって、ようやくナコが帰って来た。

「ネクの風邪はどう？」

昼食もろくにとらず帰りを待っていたタロは、いつもと変わらない穏やかな口調で話しかけた。しかし、ナコは何も答えなかった。

「どうした？　まだ花のことを怒ってるの？」

「いいえ」

ナコの顔は花のように白かった。

「ネクに風邪をうつされたんじゃないか？」

タロがナコの額に手をのばすと、

「私のことは、ほっておいて！」

ナコはタロの手をはらった。さすがにタロもこの行為には驚いて、そこに立ち尽くした。

「どうしたんだ、ナコ？　どうしてしまったの？」

均整のとれたタロの顔が悲しげに歪《ゆが》むのを、ロウドは初めて見た。

「ナコの木のことはぼくが悪かったかもしれないが、たかが一度の失敗でぼくのことが嫌いになってしまうのか？」

タロは声を大きくしてなじったが、横で見ていたロウドは、ナコの様子がどこか朝とは違うことに気づいていた。

「ごめんなさい」

泣き崩れるナコに、タロは詰め寄った。

「わからない⁉　一生懸命、ぼくは君のことを思って！」

ロウドは間に入ってタロを止めた。

「落ち着いて。何か他にありそうだ。彼女の話を聞いてあげなさい」

しかし、常に穏やかで忍耐強かった男は、純粋で傷つきやすいからこそ、一度感情を表に出すと、その勢いを止めることはできなかった。

「あの木を独り占めしたいと言うなら、ぼくだって——」

堰(せき)が決壊したように、彼の口から今まで言葉にしたことがない感情までが溢(あふ)れ出てきた。

「——ぼくだって、君を自分だけのものにしたい。他の男に指一本触れさせたくない。ナコが作ったものを食べるのはぼくだけだ！　君は誰のものでもなく、ぼくだけのものだって、みんなに言いたい！　あいつの家で夜通しピアノなんか弾くな！　ナコを自分だけのものにしたい。あいつの家になんか行かせたくない！」

ナコは涙で濡れた顔を上げて、タロを見た。そして、ふるえている手を彼に差し出した。

「でも、ここでは、それは言ってはいけないことだ」

タロは苦しそうに愛する人の手を見つめた。

「言ってはいけない」

彼は自制の言葉を繰り返した。

「作物も、花の咲く木も、そして君も……誰のものでもない」

しかし言葉とは逆に、タロの手は、追い求めていた獲物を捕えるような速さでナコの手をつかんだ。

「でも」

タロはナコを抱き寄せた。

「君は、ぼくのものだ」

ナコとタロは固く抱きあった。彼の胸でナコは言った。

「それを言って欲しかった」

独占欲という禁断の感情をぶつけあう二人の激しさに、ロウドも圧倒されていた。外の世界では、それを持つのは普通のことであるが、パングゥでは共同体を維持するために、あってはいけない感情なのだ。でも、それはパングゥにも存在する。皆が自制して、ないものにしているだけなのだ。ロウドの胸にひっかかっていたものが少し解けるのを感じた。彼らも天使ではなく、普通の人間なのだと、抱きあったままの二人を見て、ロウドは親しみを感じた。ナコの様子が変だったことが未だ気になるが、今は二人きりにしてあげたいと、ロウドは部屋を出て行こうとした。そのとき、彼女がタロに告げるのが聞こえた。

「ネクに話したの。『ナコの木』のことで、あなたとケンカしたことを。どうしていいかわからなかったから、彼にカウンセリングしてもらおうと思って。そしたら……」

次の言葉が出るまで、沈黙が続いた。

「『旅に出た方がいい』って言われたわ」

どこかで聞いた言葉に、ロウドは振り向いた。

「『旅』に？」

返すタロの顔が、今はナコよりも白くなっていた。

「『旅に出ろ』って、ネクが？」

「ええ。でも、そんなこと言われるなんて信じられなくて。町に行って親友のリアにも同じことを相談したの」

「彼女はなんて？」

「ネクと同じことを。『旅に出なさい』って」

消え入るような声でナコは返した。

「……そうか」

タロとナコは無言で見つめあっている。

「わかってる。ぼくも、自分が今吐いた言葉を、忘れちゃいない。明日、誰かに相談した方がよさそうだ」

二人は窓に目をやり、夕日を受けて黄金に輝いている、自分たちが精魂込めて作った畑を、いつまでもいとおしげに見つめていた。


翌日、朝早くからどこかに行っていたタロは、昼過ぎに戻ってくると、ナコと一緒に荷造りを始めた。何をしているのかと、ロウドが問うと、タロは手を止めて、すまなそうに告げた。

「申し訳ない。ぼくたちは『旅』に出ます。ロウドさんに、この家は譲ります。愛する人を呼んで、ぼくたちの代わりにここで暮らしてください」

ロウドは驚いて、タロとナコに問いかけた。

「何が起きたんですか？　『旅』に出るとは、どういうことなんですか？」

「パングゥを出るということです」

ナコが目を伏せて答えた。

「『旅』なら帰ってくるということですよね？」

二人は顔を見合わせただけで、それに答えなかった。

「なぜ、幸せな二人が、今ここを出て行くのですか？　あの畑はどうするんですか？　素晴らしい研究をしている途中なのに！」

タロは畑をチラッとだけ見て、また荷造りの作業に戻った。

「お二人が、ケンカしたことに関係があるんですね。あの『ナコの木』が発端ですね？」

ナコは両手を握りしめて黙っている。

「『ナコの木』を、自分だけのものにしたいと思うのは、普通の感情です。愛してるからこそ、彼女を独占したいと思うのはあたりまえのことです」

ロウドは二人に必死で語りかけた。

「それは罪ほどのものでもない」

タロは書棚から本を数冊だけ選んで抜いて、落ち着いた声で返した。

「それはわかってます。ただ私たちは、そのような感情を持ち続けて、ここで暮らすのが不安なだけです。自分の意思で、ここを出て行くんです」

ロウドは、タロの手から本を取り上げて言った。

「いや、自分の意思じゃない。『旅に出ろ』と言われたからだ。ナコはネクにそれを言われて、真っ白な顔で帰ってきた。タロも今日、誰かに言われたのでしょう。あなたたちは『旅』に出なくてはいけないんだ。これは強制だ」

タロは穏やかな口調を崩さず反論した。

「いいえ。彼らは私たちのことを思って、言ってくれてるんです」

「いや、ルールだ。パングゥには法律はないが、暗黙のルールが存在しているんだ。謎が解けてきた。なぜ、この社会システムが成り立っているのか、全てつじつまが合う」

ナコが悲しげにロウドを見ていることに、彼は気づいた。

「別にパングゥを非難しているわけではないんです」

ロウドはナコにやさしく語りかけた。

「今後、必ずや人類のために利益になる、素晴らしい研究をしているお二人が、こんな些細《ささい》なことで、それを放り出して、ここを出て行く必要はないと思うのです」

タロは窓辺の椅子に腰を下ろして、額に手をやった。

「まいったな」

その声は、穏やかでもなく感情的でもなく、本当の彼から率直に出ているものだとロウドは感じた。

「あんな木なんか、作らなきゃよかった。魔がさした」

ナコはタロの前にひざまずいて、彼の髪をなでた。

「君がネクの家に出入りすることが多くなって、自分に気を引きたかったんだ。そもそも、あれを作ったことが間違いだ」

「そんなことないわ」

ナコが囁いた。

「私、ナコの木を作ってくれたあなたを愛してる」

顔を上げたタロは微笑んで、ナコの頬にキスをした。そしてロウドを見た。

「ぼくがここでやっている研究は、あなたが言うように、素晴らしいものかもしれない。それを途中で捨てるのは、ぼくだって辛いし悲しい。でも、その研究よりも、出て行くことの方が大事なんだ」

いや、とロウドは反論しかけたが、タロは首を横に振ってそれを遮った。

「このような感情に身をゆだねてしまったぼくは……おそらく、今までのぼくと同じように研究は進められないだろう。ナコを失いたくないと思って、必要もない大きな実がなる林檎の木を作るかもしれない。大輪の薔薇が咲く苗を作りたくなるに違いない」

ロウドはその言葉に胸を衝《つ》かれた。

「ロウド、君なら理解してもらえるよね？」

ロウドは静かにうなずき、彼に本を渡した。けれどロウドはもう一度だけ、タロに言葉を返した。

「だけど、それが人間なんじゃないかな？」

タロは微笑んだ。

「楽園にいるのは、人間ではダメなんだ」

ロウドが乗ってきた車に、タロとナコは、本当に旅に行くぐらいのささやかな荷物を積み込んだ。トランクを閉めて、タロはもう一度、自分の畑を振り返って見た。

「目が覚めると、親しい人が、枝から花が散るように消えていることがあった。自分がそちら側になるとはね」

寂しげであっても、今はその目に、どこか明るい輝きが戻っていた。ナコも、すっかり落ち着きを取り戻していて、ロウドに告げた。

「『旅』に出て、行き着いた場所で、子供を産もうと思います。今まではパングゥ全体のことを考えてそれを判断しなくてはいけなくて、チャンスがまわってこなかったから」

タロもうなずいた。

「もしかしたら、『旅』に出ようとずいぶん前から、ぼくたちは思っていたのかもしれません」

あくまでも自分たちの意思で、と念をおすように彼らは去って行った。楽園を失った男と女が乗った車が、森の陰に消えて見えなくなるまで、ロウドは見送った。それでも、ロウドは問い返さずにはいられなかった。それは本当に自分の意思なのか？　と。

交換したブルーの車に乗って、ロウドは町に向かった。ポストオフィスの前で車を止めて、ようやく書き終えた手紙をポケットから出し、愛する人に宛てた厚みのあるその封筒を見つめた。それを、投函するか、しないか、ロウドは迷っていた。

「やあ、ロウドさん。パングゥに残ることにしたらしいね」

今では自分の職場のようになっている図書館に着くと、司書の男が笑顔で迎えた。

「タロとナコが『旅』に出ました」

ロウドが告げると、司書の男の顔から穏やかな色が一瞬消えた。

「そうですか」

彼は、本のリストをロウドに差し出した。

「注文しようと思っている本です。どう思いますか？」

「いくら良い本を入れても、それを利用できる、素晴らしい人間を失ってしまったら意味がない」

相手はそれに答えず、別のリストを差し出した。

「これはリサイクルに出そうと思ってる本のリストです。書架がいっぱいだから、新しい本を買うならその分、捨てなければ」

ロウドは捨てる本のリストに目を通した。

「この本は残しておいた方が良いと思います。確かに、著名ではないアウトサイダーな学者が書いた本で、読んでも役にたたないかもしれない。でも、こういうものも置いておくべきだ」

「なぜですか？」

「色んな考えがあるということを、知るのが大事だからです。みんなが同じ考えであれば、問題は起きづらいし、事は速やかに運びます。必要ないものは排除され、この図書館のように小さいけれども整った形になり、一見理想的に見える。でも……」

司書の男はリストを置いて、ロウドを見つめた。

「ここの人たちは皆、自分で考えろと言うが、見えない力で同じ考えを持たせようとしている。同じ考えを強要しておいて、それは自分の意思なんだと、責任まで押し付けている」

タロとナコという美しくて心やさしくて、希望に満ちたカップル。そんな二人がパングゥを追われた悲しみが、怒りの言葉になっていた。ロウドは言った。

「ここは、楽園なんかじゃない」

司書の男は、表情を変えずロウドの怒りを受け止めた。

「そのとおりです。パングゥは、楽園ではない。誰も楽園だなんて言ってない」

ロウドは反発した。

「タロもナコも、楽園だと信じてた」

「ここが楽園だと思う者は、出て行く運命にある。パングゥはまだ途上にあるんだということを忘れないで欲しい。完璧な社会を作るのは難しい。けれど君が言うように、他にはない、違う形の社会が一つぐらいあっても、いいんじゃないかな？」

ロウドは沈黙していたが、

「たいして他の国と違わない」

はっきりと返した。司書の男はちょっと目を大きくして彼を見返したが、すぐに穏やかな表情に戻って、進言した。

「あなたも、そろそろ『旅』に戻った方がいい」

タロとナコと同じように荷物をまとめ、ロウドは自分の永遠の居場所のように思い始めていた、居心地のいい家を出た。車に荷物を積み終えると、畑の向こうにある林を見つめた。限りなく白に近い薄紅の花はすでに散って、青い小さな実がふくらみ始めているかもしれない。その木を育てるのは、タロでもナコでもなく、ロウドでもなかった。彼は投函しなかった手紙をポケットから出して破き、去る家のポストに捨てた。そしてタロとナコと一緒に来た、森の中の迷路のような道を逆に戻った。彼もまた、自分の意思で去るのか、強制的に追い出されるのか、どちらともわからない気持ちで。

タロとナコと最初に出会った森沿いの道で車を止めると、ロウドはブルーの車に別れを告げて、そこからは徒歩で地図を見ながら一番近いZ国の町へと向かった。小一時間ほど歩いているうちに、頭がすっきりとしてきて、長い夢から覚めたように、タロとナコに出会う前の自分に、いつしか戻っていることに気づいた。数時間前までいたパングゥの方が、今は思い出そうとしてもぼんやりとしていて、本当に「幻の国」だったのではないかとさえ思える。この不思議な体験を、やはり記事にしなくては。そんな考えが浮かんだが、自分がパングゥにいたことを証明するものは、何一つ持っていないことに気づき、思わず足を止めた。写真一枚、録音一つ、取っていない。残念だが、実証するものがなければドキュメントとして記事にすることはできない。そこで書いた手紙さえ、置いてきてしまったことが、今さら悔やまれたが、手ぶらで帰るしかないとロウドは諦めて、荷物を背負いなおした。

「まあ、一つだけわかったから、いいさ」

そう呟いて、また歩き始めた。確かなのは、楽園なんてものはないということ。もしあるとすれば、タロとナコが言ったように「形はなく、自分で考えるもの」なのだろう。でも、このところ色々と考えすぎたから、今は頭を休めて熱いコーヒーを一杯飲みたい。ロウドは心から願った。

ヒメジョオン

ロウドはベッドの傍らに座り、父親の寝顔を見ていた。気持ちよさそうに寝ているように見えるが、それは麻薬と成分がほぼ変わらない薬が効いているからであって、延命拒否カードを普段から持ち歩いている彼の余命が、あと数週間であることは、ロウドも承知していた。蝕《むしば》まれている臓器を人工臓器と入れ替え、最新式の超小型生命維持装置を体内に埋め込めば、まだ六十代も半ばの彼であるから、十年、二十年と延命できる可能性は充分ある。しかし、息子と同じジャーナリストである彼は、それは個人の利益になっても、人間をマスで見た時の利益になるかは疑問であると現役の頃から語っていて、その選択を当然、取らなかった。ロウドも父親の意思を尊重して、決断に反対はしなかった。こうやって生きている彼と会える時間が、もう残り少ないことも、淡々と受け入れている。F国では、生まれた子供は『エコリシテ』という自治体が運営する施設の中で成人になるまで育児の専門スタッフに育てられるので、もともと親子の縁は薄い。子供の頃から、血がつながった親とは月に一、二度会うぐらいだから、良くも悪くも、親が亡くなるということで精神的に大きく動揺することもないし、急に感傷的になることもない。尊敬できる一人の人間の一生を、敬意を持って見送る、それだけだ。

「ロウドか?」

「そうだよ」

真っ白な箱の中に閉じ込められているような病院の個室は、窓も小さいのに明るく感じられ、べッドで目覚めた父親もまぶしそうに開けた目をまた細めた。その声は、彼が予想以上に弱っていることをロウドに認識させたが、息子はいつもと変わらぬ口調で返した。

「調子はどう？」

「良くは、ないな。そっちは、忙しそうだな」

おかげさまで世界を取材してまわってるよ、とロウドは壁に取り付けてある給水チューブを取って、そっと父親の唇に差し込んでやった。わずかな水で口を潤すと、少し楽になったようで、声もいくぶん滑らかに出るようになった。

「夢を、見てた」

血の気のない顔で、父親は告げた。

「よく眠ってたよ。どんな夢を？」

「おまえが、行方不明になった時のことを。いなくなって、五日目にひょっこり戻ってきた時のおまえが出てきて」

笑みを浮かべる父親に、ロウドは首を傾げて返した。

「覚えてないんだよなぁ、そのことは」

子供の頃に行方不明になったことがあるというのは、大人になってから親やエコリシテのスタッフに聞かされて知った。しかし本人にはその記憶が全くないのだ。九歳の時であったというから、記憶がないほど幼かったというわけでもない。

「おそらく、記憶が消されてしまうほどの恐怖体験をしたんだろうな。人間の脳はあまりに強いストレスを受けると、防衛本能が働いて嫌な記憶を閉じ込めてしまうというから」

我が子のことであるのに、父親は冷静に分析する。ロウドも、その可能性はあるかもね、と他人事のように返す。Ｆ国人らしい親子の会話だ。父親は淡々と続けた。

「不思議なことに、服もまったく汚れていなくてね。五日間いったいどこにいたのか。まさに神隠しというやつだ」

しかしロウドの表情は、それを聞いてにわかに変わった。「服もまったく汚れていなくて」という言葉に、なぜだか胸がざわついたのだ。

「他に、何か気づいたことはなかった？」

怪訝な声で訊ねる息子に、父親も眉をひそめて返した。

「他に？」

「いや、今、なにか思い出しかけた気がして」

「他に、と言うなら、聞いてると思うが、おまえは見つかったとき、古い世界地図を持ってたらしい。どこで手に入れたかわからないが」

世界地図。ロウドは目を大きく見開いた。

「その話は、聞いてないな」

「ああ、これは話しちゃいけなかったんだな。エコリシテの医者も、ひどい精神的ダメージを受けておまえが記憶喪失になっていると診断して、失踪時に着ていたものや所持品は、全て見せないようにと指示したんだ。自然に記憶が戻るまで、そのことにも極力触れないようにとね。うっかり話してしまったが」

こんなにデカくなったんだから、もう話しても大丈夫だろうと父親は笑って、ロウドも笑った。

が、腹のあたりで脈がどくんどくんと打っているのを感じていた。世界地図。それを見なくとも、端がぼろぼろになっている紙の感触が手によみがえっていた。それはエコリシテの工作のクラスで使うようなツルツルの合成紙ではなく、ざらざらだけれども枯葉のようないい匂いがする黄ばんだ紙に、世界の国々が淡い彩色で色とりどりに印刷されている美しい地図だった。それ以外の記憶は依然戻ってはこないが、あの地図だけは確かに覚えている。その感触が消えないよう手を見つめていると、

「ロウド?」

父親の声で我に返って、ロウドは顔を上げた。

「なに?」

「確かに、おまえも、もういい歳だ」

そうだね、とロウドは笑って返した。

「子供は作らないのか?」

唐突に聞かれて、ロウドはしばらく沈黙したが、

「考えてない。それに今は、つきあってる人もいないしね」

言ったあと、微笑んでいるアマナの顔が浮かんだ。生まれて初めて心から、激しい愛情を感じた、たった一人の女性。国の違いや概念という障害を超えて、一度は一緒になろうと誓いあった人。しかし結果として、自分はリスクを取ることができず、彼女から逃げた。なのに未だに彼女のことが忘れられない。一人の女性のことが忘れられず、ずっと独りで子供も作らずにいるなんて、父親にはとうてい理解できないだろう。結婚制度がないF国では、男性も女性も家庭を持たず、多くの異

性とつきあうのが一般的であり、ロウドの父親にも、ロウドの母親以外の女性との子供がいる。

「忙しいのはわかるが、子供を作らなきゃだめだぞ。次の世代に譲って、老いぼれはさっさと死ぬんだから。優秀な人間を増やさなくては、国のためにも」

父親は自虐的に笑う。そもそも人口の減少で国が滅びかけたことから、結婚制度が廃止されてエコリシテという、出生率を上げるためのシステムが作られた。このシステムがある限り、他の国のように家庭が欲しくて子供を産むということはないが、人口が増えた今でも、子供を作ることは、国を維持するための国民の義務であるという意識が強い。それがこの国の考え方だとわかっているが、ロウドは複雑な感情を抱きながら、

「そのうちね」

と返した。その一方で、アマナの記憶と、まだ手の中に残っている古い世界地図の感触が、自分の中で妙に溶け合うのが不思議だった。どちらも大切なもの、という感覚がこみ上げてきた。しかし、父親の前で感情的になることに抵抗を感じて、ロウドは立ち上がった。

「今月の『ＡＧＥ』誌に、ぼくが書いた特集記事が載ってるんだ。読むのは無理そうだから、音読してあげようか？」

ああ、それは読みたい。ぜひ読んで聞かせてくれと言う父親に、病棟のラウンジに雑誌が置いてあったから取って来るよと、ロウドは病室を出た。病室のドアだけが規則的に並ぶ、部屋と同じく真っ白な廊下に出ると、ロウドは大きく息をついて、ラウンジへと向かった。

来たぞ、来たぞ、ヘンナオトナが。見てるぞ、見てる、ヘンナオトナ。ばーか、ばーか、ヘンナオトナ。怒らないぞ、怒らないで笑ってる、やっぱり、ヘンナオトナ。逃げろ、逃げろ、ヘンナオトナ！

Ｆ国の南のエリアに、ロウドが育ったエコリシテはあった。零歳《ゼロ》児から十七歳までの子供が、常に一万人近くそこで暮らしているので、施設のある敷地は小さなシティーと言えるぐらいの広さがある。その広大な敷地は人工林でぐるりと囲まれており、林を越えて子供たちが無断で外界に出ようとすれば、張り巡らしてあるセンサーが鳴り、警備スタッフが駆けつけてくるのだった。たまに、センサーが切れていて「穴」が開いているところもあったが、そこから逃亡する子供はほとんどいなかった。ホリデーでもなければ外界に子供の姿はないから、単独で歩いていればすぐに捕まってしまうし、また外界に出なくとも、エコリシテの中には、たいがいのものはそろっていて（悪い連中のたまり場的なところまでちゃんとあって）不自由はなく、逃げる意味もないからだ。十七歳になっても出て行きたがらない子供もいるぐらいだ。むしろ、外界から「穴」を通って入ってくる者の方が多かった。豊かな国と言われているＦ国であっても、ホームレスがいないわけではない。「穴」から潜り込み、人工林の中で野宿をしていたり、食堂の食べ物やゴミなどをあさりに来る者もいる。子供たちはそのような人間を見つけると大騒ぎして、はやし立てたりするので、その都度、警備スタッフに侵入者は追い出され、子供たちは育児スタッフにこっぴどく叱られるのだった。ところが、追い出されても、子供たちに指をさされても、懲りずに潜り込んでくる常連の男がいた。九歳だったロウドも、彼を何度も目撃したが、ホームレスにしてはこぎれいで、食べ物をあさることもなく、林の中に佇んでいて、運動場などで遊んでいる子供たちをじっと見ているのだ。いつもロウドぐらいの男の子のグループを目で追っている。子供たちはお馴染みの彼が現れると、ヘンナオトナ、ヘンナオトナ、と呼んでからかうのだが、何を言っても彼は微笑んでいるだけだ。何度か彼も捕まっているから、近頃は子供たちが騒ぎ出して大人たちがやってくると、野生動物のように林の中にすっと消えるようになった。

「知ってるか？　ロウド」

隣の席のポウルが、ロウドの耳に囁いた。エコリシテの初等教育地区B棟の中にある「食堂」はサパー・タイムで、そこに暮らす九歳から十一歳までの児童が、一斉に夕食をとっている。静かに食べるマナーを身につけていても何百人という数では、カトラリーの音だけで騒々しい。何を？と、食欲がなくて皿をつついていたロウドはポウルに聞き返した。

「ヘンナオトナは夜になると砂男になるんだって。昼は笑ってるけど、夜になると窓から忍び込んできて、寝てない子供の目に砂をぶっかけるらしい」

砂男。夜遅くまで起きている子供がいると、どこからかやってきて「眠れないなら、寝かせてやろう！」と、砂を顔に投げつける魔物で、その砂が目に入ると、目が潰れてしまうという。ロウドは鼻で笑った。幼児教育地区にいるガキじゃあるまいし、砂男なんて作り話をポウルはまだ信じてるのか。もし、それが本当だとしても、

「だいたい、ぼくたちが寝ている『寝室』に来るまでに、警備スタッフに捕まるにきまってる」

「でも本当に失明したヤツが、C棟にいるらしいよ」

深刻な顔で言うポウルに、でまかせだよ、とロウドは肩をすくめて、まだ料理が残っている皿の上にフォークを置いた。

「食べないのか？　残すとうるさいぞ」

「食べたくない。サッカーのクラスから、ずっと気分が悪いんだ」

「今夜はコンサートがあるのに」

　ロウドは手を挙げて、自分を担当しているスタッフのケインを呼ぶと、体調が悪いことを告げ、彼に付き添われて、寝室へと向かった。

　百人以上の男子児童が寝起きする巨大な「寝室」には、子供用のベッドが縦横に整然と、どこまでも並んでいる。ロウドは迷うことなくその中の一つにたどりつくと、制服を脱いで部屋着に着替えた。ケインはロウドの体温を計り、熱がないことを確かめると、

「今日みたいな暑い日は、体調に気をつけて運動した方がいいね。夜のコンサートは欠席して、今夜は寝ているように」

　そのように指示して、ロウドの頭をやさしくぽんと叩くと、去って行った。ロウドはベッドに横たわり、ケインの足音が消える前に、もう眠りに落ちていた。

　――ぎしっ。ベッドがきしむ音がして、ロウドは目を開けた。足もとを見ると、ヘンナオトナが全身真っ黒な服を着て、自分のベッドに腰掛けているではないか。その握っている両手からは、砂がさらさらとこぼれ落ちている。彼は、無表情でこちらを向くと、手に持っている砂をパッ！　とロウドの顔に投げつけた！

「わあっ！」

　声を出してロウドは目覚めた。……夢か。暗がりの中で瞬《まばた》きをする。よかった、目は潰れてない。目をこすって辺りを見まわし、広い「寝室」で自分がたった一人で寝ていることに、改めて気づい

た。開いている窓から、風に乗ってオーケストラの演奏が聞こえてくる。スタッフも子供たちも、中央ホールにいるのだろう。寝返りを打ってロウドはまた目を閉じたが、恐い夢を見たせいで眠れない。砂男なんて作り話さ、と自分に言ってみるが、窓からそいつが今にも入ってきそうで、心臓がドクンドクンと鳴る。その音がまた恐ろしく大きく聞こえるから、自分の心臓がどうかなってしまうのではないかと耐えられなくなり、ロウドはがばりと起き上がった。喉もからからだ。水を飲んでこよう。ベッドの間を縫うように歩いて寝室を出ると、ドアの外には顔馴染みの警備スタッフが立っていた。

「気分はどうだい、ロウド？」

見上げるような大男に声をかけられて、ロウドはホッと息をついた。砂男が入ってきても、彼がやっつけてくれるに違いない。

「だいぶ良くなりました。バスルームに行ってきます」

大男はうなずいて、ロウドはバスルームに向かった。おしっこをして、水を飲んで、心臓のドキドキもようやく落ち着いたが、誰もいない寝室に戻る気はしなかった。目も冴えてしまって、眠れなさそうだ。外の空気を吸ってこようか。庭をひとまわりしてくれば、また眠れるかもしれない。警備スタッフの彼が見ていない隙に、こっそりロウドは非常口から庭に出た。

ホールから雨の音のような拍手が聞こえてくる。それは次第に止んで、再び演奏が始まったようだった。ロウドは庭を抜けて、植え込みを乗り越えると、運動場に入った。昼間にそこでサッカーのクラスがあった。ポウルがパスをミスらなきゃ、逆転のチャンスだったのに。足跡が残るグラウンドを歩いてまわり、ロウドはゴールの前に来ると、見えないボールを蹴った。その時、ゴールの

向こうに黒い影を見て、ロウドは全身を硬直させた。砂男！　影はゆっくりと、こちらへやってくる。明かりの下に現れたのは、

「ヘンナオトナ……」

だった。昼間と同じように、口元に笑みを浮かべ、穏やかな表情でこちらを見ている。

「トオン」

ヘンナオトナは、ロウドを見て言った。

「トオンだね？」

ロウドは答えず、一歩後ろに下がった。

「やっぱり、そうだ。探したぞ、トオン」

会えてよかった、ここで待っていてよかった、とヘンナオトナはロウドに迫ってくる。

「逃げ出して来たんだね？　さあ、こっちに来て、顔を見せてくれ」

びっくりしてロウドはさらに後ずさりした。

「ぼくは、ロウドです」

「本当の名前はトオンだ。おまえは私が育てるべきだった。パパを許してくれ」

「パパ？」

「パパとは父親のことだ。昔、子供は父親のことをパパと呼んだんだ。私はおまえの父親だ」

ロウドは首を横に振った。

「ぼくには父親がいます」

「間違いなんだ。本当の父親は私なんだ。私はおまえを手放したことを、エコリシテに入れたこと

を後悔している」

　ロウドは彼が言っていることがよくわからなかった。けれど、夢に出てきた砂男と、彼とは全く印象が違った。服も近くで見ると清潔で、きちんとしている。ケインよりも父親よりも、少し歳をとっている感じだ。ヘンナオトナはしゃがんで、ロウドと同じ目線になった。

「急に色々なことを言って、悪かった。でも信じて欲しい」

　ヘンナオトナは、じっとロウドの目を見た。自分と同じ金茶の目をしている。こんなふうに見られるのは初めてだった。ケインも、たまに週末に会う父親も、母親も、こんなに真っ直ぐにロウドを見つめることはない。ちょっと恥ずかしいが、胸のあたりがなぜだかふんわりと温かくなる。

「私のことが恐いか？」

　ロウドは首を横に振って、正直な気持ちを表した。

「さっき夢で見た、砂男のあなたは恐かったけど」

砂男？　私が？　ヘンナオトナは笑った。

「ずっとおまえのことを陰から見ていたからね。恐がらせてしまったね。そうか、砂男が恐いのか。トオンは眠れないのかな？」

「ぼくは、ロウドです」

「わかった、ロウド。その方がいいなら、そう呼ぶよ。大丈夫、もう恐くない。眠れなくてもパパがそばにいるから心配するな。砂男におまえの目玉を盗《と》らせたりはしない」

「違うよ。砂男は、子供の目に砂を投げつけるだけだよ。盗ったりはしない」

「そうか？　時代が変わったな。砂男もおとなしくなったもんだ」

「パパ」は笑った。ロウドも笑った。

「もう心配しなくていい」

パパはいきなりロウドを抱きしめた。うっかり無防備になっていたロウドはびっくりしたが、抵抗はしなかった。これもケインや父親とするハグとはぜんぜん違った。息ができないぐらいにパパはロウドをしっかりと、自分の胸に引き寄せた。見つめられた時と同じように、温かいものがロウドの全身を満たした。なんて気持ちがよいのだろう、眠くなってしまいそうな不思議な感覚。ずっとこうしていたい、と思っている自分に、ロウドは驚いた。

「帰ろう」

パパは言った。

「帰るって、どこに？」

「家さ。きまってる」

パパは腕の力をゆるめて、ロウドと向きあうと微笑んだ。

「ぼくの家はここだよ？」

ロウドは背後にあるB棟を指した。パパはそちらを見ていたが、きっぱりと言った。

「あれは家じゃない。トオン、いやロウド、本当の家は、おまえが何の心配もしないでぐっすり眠れるところだよ」

家とは、砂男に脅えないでゆっくり眠れるところ。ロウドはその言葉に惹かれた。それは、どんなところなのだろう。

「一緒に行こう」

パパはロウドの手をひいて、もう歩き出していた。ロウドはさすがに抵抗して、手を離すと立ち止まった。

「ここを出るなら、ケインに言わないと」

パパの顔から笑みが消えて、真剣な表情でロウドを見下ろした。

「ケインは、ここを出ることを許してくれないだろう」

おまえが黙って出て行くのが嫌だと言うのなら、パパは無理に連れては行かない。パパは寂しそうに、でも、はっきりとした言葉で言った。

「また、会いにくるから」

ロウドは子供ながら、この人はごまかしたり、嘘を言わない人だと判断した。

「ごめんね」

「いいんだよ。おまえと話せただけで、パパは幸せだ」

また胸が熱くなるようなまなざしで、パパはロウドを真っ直ぐに見つめた。そして手を差し出して、名残惜しそうに握手をすると、パパは背を向けて人工林に向かって歩き出した。その背中はどうしても悲しげに見えた。

「ちょっと待っててくれる」

ロウドの声に、パパは振り返った。

「ベッドに戻って、ぼくが寝ているような形にしてくる。具合が悪くて寝ていることになってるから誰も気づかないよ。朝までに戻ってくればいい」

ロウドの言葉にパパの目は再び輝きを取り戻した。とても嬉しそうなパパの手を取り、ロウドも秘密の脱走計画にワクワクしてきた。

なんて小さいんだ！　パパに招き入れられて「家」に一歩踏み入ったロウドは、まずそう思った。エコリシテの一番小さいバスルームぐらいしかない。パパが運転する、お世辞にもカッコイイとは言えない車に乗って、ロウドは、豆のような小さな家がたくさん並ぶエリアに来た。それはたまに訪ねる父親や母親の家がある方向と逆であることは、ハイウェイを走っている時から気づいていた。つまりロウドが初めて行く方面であり、暗い夜の風景でも、建物は皆古くて小さくて、今まで見たことがある外界とは、様子が違うのがわかった。パパの家の形はその中でも、さらに風変わりな感じがした。

「おかえり、トオン」

パパはロウドに言った。

「ロウドだってば」

言いながら、玄関を入ると、ホールもなくていきなり部屋で、小さなキッチンとテーブルと安楽イスがあるだけだった。ドアが二つあるから、もう二部屋あるのだろうけれど、その部屋も大きな部屋であるとは思えない。天井も低く、あまり見ない黄色っぽい光の電灯が下がっている。パパの頭にそれはぶつかりそうだ。部屋の中がなんとなくオレンジがかって見えるのは、電灯の色のせいだけではなく、壁が全部木でできているからだった。板に切った木ではなくて、根元から切った木をそのまま横に重ねていて、茶色い木の丸みがつやつやと輝いている。やはり木で作られている棚があり、見たことがない道具も並んでいる。あるものはみんな初めて見るものばかりで、ロウドは異国に行ったことはないけれど、そのような気分だった。

「おまえの家だよ。気に入ったかい？」

ロウドは道具の一つを指して、これはなに？　と聞いた。

「タイプライター。これでものを書くんだ」

パパは、テーブルの上にたくさんのボタンが付いているそれを置いて、筒のような部分に紙をはさむと、ボタンの一つを叩いた。バシャン！　大袈裟な音がして、紙には『R』という字が現れた。パパはバシャバシャバシャと続けて叩いて、紙を取り出すと『ROAD』と文字が印字されていた。ロウドは興味津々でそれを見つめた。

「これがあれば、電気がないところでも原稿が書けるんだよ。まあ手書きなら、もっと身軽でいられるけれどね」

さあ、ミルクでも温めよう。眠れない時はこれが一番だよ。パパは金属でできた大きな箱のようなものを開いて、中からミルクのパックを出した。それはリフリジレーターらしい。エコリシテにある、硬化プラスチック製のボイス機能付き（欲しいものを言うとディスペンサーに自動的に落ちてくる）しか知らないロウドは、

「いちいち開けなくちゃならなくて、不便だね」

それを指摘した。パパは笑ってミルクをまた別の小さな金属の箱に入れている。温度調節機能付きのグラスもここにはないらしい。

「パパにはこれが普通なんだよ」

ロウドが椅子に座ると、パパはミルクの入ったカップをロウドの前に置いた。ちょうどよい温か

さて、

「おいしい！」

ミルクってこんなに、おいしかったっけ？　ロウドは目を大きくした。何か、おいしくするものを入れたの？　と聞くと、

「逆だよ。おまえが今いるところでは、健康のために色々なものを混ぜてあるから味が違うんだろう。何も入ってないミルクだ」

ロウドはそれをあっと言う間に飲み干した。しかし、ちっとも眠くはならなかった。「家」という未知の世界にすっかり興奮していたからだ。

「よけいに目が冴えてしまったね」

パパはまた笑って、ロウドも笑った。全てがロウドにとって初めての経験だった。タイプライターをロウドも叩いてみた。バシャンバシャンと強い反動が指に戻ってきた。

「こんなのずっとやってたら、手が痛くなる。ぼくの父親は新聞社で働いてるけど、電子ボードしか使わないよ」

「そうか。パパはね、これとカメラを持って、世界をまわってる」

パパがカメラだと言うものも棚に並んでいたが、これもロウドが知っているカメラとは違って大きくて、すごく重たそうに見えた。

「パパは、なにを撮るの？」

「パパにしか撮れないものだよ。色んな国に行って、その国の人に話を聞いて、その人たちの写真を撮るんだ」

ふうん、とロウドは答えたが、いまいちわからなかった。色んな国の人とは、電子ボードのオンラインで話せるし、顔も見られる。なぜわざわざそこに行って、写真を撮って来るのだろう。タイプライターのように、時間や力をよけいに使うのが、パパにとっては「普通」らしい。ロウドが首を傾げながら考えているのを、パパは穏やかな表情で見守っている。

「右の扉と、左の扉、どっちが好き？」

パパは壁の扉を指して、変な質問をしてきた。

「左かな」

青く塗ったノブが付いた扉を、ロウドは指した。

「素晴らしい！　なんでわかったんだい？　そっちがおまえの部屋だよ」

パパは立ち上がって、左の扉の前に立ち、ロウドを招いた。入ってごらんと言われて、

「ぼくの部屋？」

ロウドはノブに手をかけた。そしてそれをゆっくりまわして扉を開けると、予想どおりとても小さな部屋だった。小さな窓があり、その下には木のデスクがあり、小さなベッドがある。ベッドカバーはつぎはぎの生地でできているが、楽しくなるぐらい色んな色を使っていて、エコリシテのホールにあるステンドグラスのようだ。でも、これらも新しいものではない。椅子も、床に敷かれている絨毯《じゅうたん》も、机の上のスタンドもとてもきれいにしてあるが、昔話に出てくるものみたいだ。そのようなものに囲まれているだけで、またふんわりと胸が温かくなる。ロウドが何よりも気に入ったのは壁に貼ってある大きな地図だった。

「これは地図？」

端っこはボロボロ、たたみじわで切れかけているのを補修してあるが、淡い色で国が色分けされているそれは絵のように美しかった。パパは、ロウドがそれに気づいたことに満足げにうなずいた。

「ああ、世界地図だよ」

「教室にあるのとなんとなく違う」

「パパのおじいちゃんが使っていた古いものだからね。おまえの曾おじいちゃんも、これを持って世界を飛びまわってた」

ロウドは見慣れないラインで分けられた国々をじっと見つめた。物語に出てくるような、幻の国がこの地図には載っていそうだ。それが気に入ったかい？　とパパに聞かれてロウドはうなずいた。

「ここは、本当にぼくの部屋なの？」

パパは窓を開けて、夜風を部屋に入れた。

「そうだよ、ロウドが一人で使う部屋だ。居間にあるものもそうだが、パパが旅しながら見つけた古い時代のものばかりだ。みんな、おまえのものだよ」

全部が自分のもの！　ロウドは興奮した。

「今夜はここで寝るかい？　一人が恐ければ、隣のパパの部屋で一緒に寝てもいい」

ロウドは悩んだ。小さいけれど、自分だけの部屋。全ての施設を大人数で共有しなければならないエコリシテでは、考えられない。ぼくの城だ、とすっかり魅了されて、この部屋から出て行きたくなかった。

「ここで寝ます」

そうか、じゃあこれに着替えなさい、とパパはクローゼットからロウドにぴったりのサイズのナイトウェアを出した。ロウドはそれを着て、ベッドに横になった。天井を見たロウドはそこに貼ってあるものを見て、また声をあげた。それは円の中に描かれた星座図で、まるで天井に穴が空いていて夜空が見えるようだった。

「すごい。世界地図だけじゃなくて、宇宙地図まである」

パパは椅子をベッドの脇に持ってくるとそれに座って、一緒に見上げた。

「これは夏の星座だよ」

ふうん、とロウドは点がつないである星座を見つめた。白鳥座は、わし座と比べると、なるほど首が長くて白鳥っぽいなと、見ているうちにだんだん眠くなってきた。砂男のことが思い出されたけれど、ベッドの横に座っているのは、無表情な砂男でもなく、ヘンナオトナでもない、パパが微笑んで、こちらを見ている。

「パパは、本当にぼくの父親なの?」

まどろみながらロウドは聞いた。

「そうだよ」

自分と同じ目の色をしている、ロウドのパパ。パパの言うとおり、自分の本当の父親なのかもしれない。そう思いながら、心地のよいベッドで、ロウドは眠りに落ちていった。

こんなにぐっすり眠ったことは今までになかった。一度だけ夜中に目を覚ましたが、パパは椅子に座ったまま腕を組んでロウドの横で寝ていた。ロウドはホッとして、また眠りについた。そして次に目を開けた時には、窓から朝日が差し込んでいた。パパの姿はなくて、隣の部屋からコーヒーの匂いが漂ってくる。

「しまった！」

エコリシテに朝までに戻らなくてはいけなかったことを思い出して、ロウドは飛び起きた。慌てて着替えようと思ったが、エコリシテから着てきた服がない。部屋を出て行くと、キッチンで朝食を作っているパパが振り向いた。

「おはよう、ロウド。砂男は来なかったみたいだね」

ロウドはうなずいた。パンが焼ける匂いと、フライパンで細い肉のようなものがジュウジュウいっている。とたんに自分が空腹であることに気づき、昨日は夕飯もほとんど食べていないことを思い出した。

「おなかがすいた」

パパは笑った。

「クローゼットに服があるから、好きなものを着なさい」

ロウドは、うなずくと自分の部屋に戻った。今からエコリシテに戻っても、もう遅いだろう。自分がいないことにみんな気づいているはずだ。どっちにしろ怒られるなら、ここで朝食を食べてから帰ろう。クローゼットを開けると、シャツやパンツやジャケットが掛かっていた。どれもちょっと古い感じがしたけれど、サイズは問題なく着られそうだった。

「こんな肉、食べたことがないっ！」

ミルクに続いて初めて体験する味に、またロウドは目を大きくした。パンも変な形だが、ナッツのような良い香りがする。野菜でも何でもはじからきれいにたいらげていくロウドを、パパも楽しそうに見ている。けれど、食事を終えると、パパは真剣な顔になってロウドに聞いた。

「エコリシテに戻るかい？　きっとロウドがいなくなって、みんな探していると思う。ロウドがそうして欲しいなら、昨日、出てきた林のところまで送るよ」

ロウドは、じっとマグカップを見つめていたが、パパに聞いた。

「とりあえず今日に、帰って……また今度ここに来られるかな？」

パパの顔は暗くなった。

「ロウドがいなくなったことで、エコリシテの人たちは、これからもっと子供が出られないように、警備を厳重にするだろう。そうなると難しいかもしれないな」

ロウドの表情も一緒に暗くなった。パパは、励ますようにロウドの頭をぽんぽんと叩いた。

「だったら……もうちょっとだけ、ここにいる」

幼いロウドはきっぱりとパパに返した。

「わかった。おまえが好きなだけ、ここにいていい。パパはずっとここにいてもらいたいが、どれだけいるかは、おまえの自由だ」

ロウドはうなずいた。そして気になっていることを告げた。

「ケインが心配してるといけないから、エコリシテの電子ボードにメッセージを送りたいんだけど。『ロウドは元気です。心配しないでください。もうちょっとしたら帰ります』って」

「わかった。パパがメッセージを送っておくよ」

ロウドはこれでひとまず安心だと、笑顔になった。

その日の昼までには小さな家の三つの部屋と屋根裏を、ロウドは全て探検して、征服していた。

パパの部屋にはパパのサイズのベッドがあり、天井まである棚には隙間なく、紙の本がぎっしり詰まっている。エコリシテでは、高等教育地区の学生だけが紙の本の閲覧を許されているから、パパが子供でも読めそうな本を選んでロウドの部屋に運んでくれて、ロウドは大喜びした。パパの部屋の奥にはバスルームがあって、ロウドもそこを使ったが、薬のパックがいくつか洗面台の上に置いてあった。それに書いてあったので、パパの名前が「ルタア」であることもわかった。鏡に映っている自分の顔を見れば、本当に自分は彼の息子ではないかと思えてくる。目の色は同じだし、週末に会う父親よりも母親よりも、自分はルタアに似ているような気がする。

「屋根裏にも、気に入るものがあるかもしれないよ」

パパはそう言って梯子《はしご》を持ってくると、居間の上にある屋根裏の入口にそれをかけた。ロウドもパパのあとに続いて梯子をのぼって、屋根裏に上がった。そこにも本のようなものが積んであり、開くとどのページにも写真が貼ってあった。電子ボードで見る写真と違って、明るいところで見ないとよく見えないから、ロウドはそれを窓のところに持っていった。人の写真が多かった。顔の感じも、肌の色も違うから、異国の人だとわかる。半分裸のような子供が物を売って働いていたり、痩せた老人がゴミを集めていたり、ハイウェイの植え込みでたくさんの人たちが重なるように寝ていたり、子供のロウドには恐いような情景ばかりだ。

「この人たちはホームレス？　エコリシテの人工林の中にも、家のない人が住んでいて、追い出されちゃうんだ」

「そうなんだよ。パパは世界中をまわって、困っている人たちをたくさん写真に撮ってきた。でも、自分の国に帰ってきて、似たように困っている人たちが、この国にもいることに気づいたんだ」

ロウドは何千枚、何万枚とありそうな写真が貼ってある本の山を見た。

「自分の国のことが一番わからないんだ。でも、自分の国のことをよく考えるためにも、外の世界に、もっともっと人は出て行かなきゃいけない」

ロウドは外の世界とは、異国とは、どんなところだろう、と思いを馳せた。映像でなら毎日のように見ているが、実際に行ったらどんな感じなんだろう。今いるここだって異国のように思うのに。

「パパの言うことが、わかるかな？」

「わかるよ。ここに来て、エコリシテとこの家がすごく違ってて、驚いた。でも、エコリシテに帰ったら、どういうふうに違うのか、今まで普通だったことも、よく見たい気がする。ミルクも、どう違うか考えて飲むよ」

「かしこいな、ロウドは」

パパは感心するようにロウドを見た。褒められてちょっと照れながら、ロウドは写真を一枚一枚、ていねいに見た。

「ロウドの部屋に貼ってある地図は、昔のものだと言ったね。今は国の形も変わって、形だけでなく、国ごとに人の生き方も変わってきている」

ロウドは一枚の写真をじっと見つめた。とてもきれいな女の人の写真だった。黒い髪がふわりと顔にかかっていて、恥ずかしそうにうつむいている。でも、目はきらきらと輝いている。手には筆を握っていて、絵を描いているところのようだ。

「それは、N国の写真だよ。その国では、女の人は仕事を持たないで、子育てや家事に専念するんだ。学校でも女の子は、それ以外のことは学ばない。でも彼女は本当は絵を描く人になりたくて、こっそり絵を描いているんだと、パパには話してくれた」

パパが言っていることがよくわからなかったが、ロウドは、ふうん、と返した。わかるのは、写真の女の人は、ロウドの母親やエコリシテの女性スタッフとは、どこか違うということだった。こんな表情をする女の人を見たことがない。

「世界には色んな国があって、国には色んな決まりがあって、それと戦っている人もいる」

ロウドは黒髪の女性の写真をいつまでも見ていた。ロウドは新聞社に勤める父親のことも、税理士の仕事をしている母親のことも大好きだ。彼らはロウドが勉強のことや、友だちとのことで悩んでいると、いつもやさしくアドバイスをくれる。そして「ロウドは特別だ」と言ってくれる。だからもっともっと自分の可能性を大きくするために、勉強しなさい、遊びなさい、と言う。二人に会うと、自分が立派な人間になった気分になる。でも……とロウドはパパの顔を見た。パパといると、そういうことを言われなくても、自分が「大丈夫だ」と思える。パパや、この写真の女の人の目を見ていると、なんだかとてもホッとするのだ。

「その人のことが気に入ったみたいだね」

パパはロウドに言った。ロウドはちょっと恥ずかしくなって、ページをめくった。するとそこにはさまっていた紙のようなものが落ちた。パパが拾って、複雑に折られたそれを開くと、翼を持った鳥の形になった。

「オリガミだよ」

すごい、とロウドはそれを手にとって目を見張った。

「正方形の紙から何でも作るんだ。N国の子供たちの遊びだよ」

こんな複雑なことができるなんて、N国の子供って頭がいいんだな、とロウドは紙の鳥がどのように作られているか、興味津々でそれを見た。

「お昼ごはんを食べたら、作り方を教えてあげるよ」

約束どおり、パパは鳥の折り方を教えてくれて、他にも、虫や象、船や家など色々なものを折ってくれた。その中でロウドが一番気に入ったのは飛行機だ。鋭い三角形の形に折られた紙の飛行機は投げると本当に飛ぶのだ。うまくいくと家の中を壁にぶつかるまで飛んで行く。ロウドは夢中になって自分で折った紙の飛行機を、繰り返し飛ばした。N国の子供に負けてはいられないと、自分で少し折り方も変えて、もっと飛ぶようにならないか研究した。そんなロウドを横で見ているパパは、本当に幸せそうだった。

とても小さな家だけれど、ここにはロウドを夢中にさせるものがいっぱいあった。音楽や映像が出てくる銀色の丸い円盤や、物を買う時に使ったという四角い紙や丸い金属。パパはそれらを、まだ昔のような生活をしている異国から持って帰ってきたという。ロウドは、ますます、異国とはどんなところだろうと興味を持つようになり、部屋に貼ってある世界地図を見つめては、大人になったらパパのように世界を旅してまわりたいと思うのだった。そのように、心をとらえるものを見たり、それにまつわるパパの話を聞いているだけで、一日があっという間に過ぎていく。興奮しすぎた疲れで、夜になると倒れるように自分のベッドに入って、朝まで起きることなく寝てしまうので、砂男のことなどすっかり忘れているのだった。数日が過ぎて、ロウドはふと思い出して、パパに聞いた。

「電子ボードに、ケインからメッセージは来ている？」

パパは首を横に振った。

「ぼくのメッセージは、送ってくれたんだよね？」

ああ、届いてると思うよ、とパパは言った。パパは嘘はつかないと、ロウドは信じている。返事がないということは、ケインは怒っているのだろうか？　ロウドは心配になってきた。父親と母親も、このことを知っているだろうか。彼らも怒っているかもしれない。みんなに会って、パパが良い人であることを話して頼めば、もうしばらく、この家にいさせてもらえるだろうか。子供なりに、それは難しいだろうと、ロウドは思った。この国では全ての子供がエコリシテで育てられているのだから、許されるわけがない。ロウドは無言でパパを見た。パパの表情も硬かった。

「ぼくは、ここにもっといたい」

パパは、うなずいた。

「でも……このままじゃ外にも出られないし」

近所の人に、子供が長いこと滞在していることがバレてしまえば怪しまれるにきまっている。

パパはまた名前を間違えたが、それに気づかないようだった。あまりに真剣な目をしているので
「トオン」

ロウドはそれを指摘しなかった。

「パパと一緒に旅に出ないか？　N国のように親と子供が一緒に暮らすのが普通な国に行けばいい」

その誘いにロウドはさすがにびっくりした。いつか異国に行きたいとは思っていたが、それが早くも現実になってしまった。しかし、あまりにとてつもない話だった。ロウドが困惑していると、

「すまない。驚かせてしまったね。でもパパも、ロウドとずっと一緒にいたいと思ってる」

その方法の一つだから、焦らずゆっくり考えよう。パパはロウドの頭に手を置いて、今夜はパパのベッドで「映画」を観ようと、笑顔で言った。真っ暗にした部屋の壁に、パパは「映画」を映した。大型の電子ボードや、ホールの立体スクリーンで観る「ムービー」とは違って、画像が不安定なのが危なっかしくて、なぜだかワクワクした。まだ犬が人に飼われていた頃の、犬と人間の話で、やはり異国の映画だった。パパが内容を説明してくれたが、言葉がわからないから、次第に眠くなってきてロウドはパパに寄りかかったまま、朝までそこで寝てしまった。ロウドに添い寝したまま、まだ眠っているパパの隣で目覚めたロウドは、とても幸せな気分だった。パパと一緒なら、どこでも安心して眠ることができる。窓から差し込む朝日を見て、恐いものは何もないように思えた。この国の子供が経験したことがないことを、自分は体験できるかもしれない、そのように思ったとたん、ロウドの胸が大きく高鳴ってきた。パパと一緒に旅に出よう。幻の国に行こう。壁の世界地図を見つめ小さなロウドは決意した。

「パパと一緒に、旅に出るよ」

朝食の後に告げると、パパは、静かにうなずいた。

「幸せになれる国を、見つけよう。そこが私たちの国だ」

パパは嬉しそうだが、それ以上に真剣だった。

「じゃあ、パパは準備をするよ。ロウドはみんなに手紙を書いたらいい」

そのつもりだとロウドは返した。電子ボードにメッセージを入れると言うと、手紙の方が良いだろうと、パパが紙とペンを持ってきて、ロウドはさっそく自分の部屋のデスクに向かった。が、いざ書くとなると、どのように皆に伝えたらいいかわからない。何も書けないまま、読みかけの本を入ってきた。

開いたり、折り紙の飛行機を作っていると、パパが小さなタイヤが付いた箱のようなものを持って入ってきた。

「これはパパが短い旅行の時に使う旅行カバンだ。ロウドにあげよう」

ロウドはその素敵なプレゼントにまた有頂天になって、それに本や服を詰めてみたり、家の中を引きずって歩いた。パパも笑顔でそれを見ていたが、また真面目な顔になると、ちょっと出かけてくるから留守の間、絶対に外に出ないようにと言い残して、初めてロウドだけを家に残して、出て行った。ロウドはデスクに戻ったが、やはり何を書いていいかわからず、傍らに置いてある旅行カバンに、つい目がいってしまうのだった。またカバンを開けたりしていると、内側にジッパーが付いていることに気づき、ロウドはそのポケットに手を突っ込んでみた。厚紙のようなものが入っていて、取り出してみると、それは動物園のチケットの半券だった。大人と子供、一枚ずつ。エコリシテの近くに、昔、動物園があったというのは聞いたことがある。伝染病が流行《はや》ってほとんどの動物が死んでしまい、ロウドが生まれた頃に、それは閉鎖されたと。

「パパには、ぼくの他に子供がいるのかな」

ロウドはつぶやいた。が、動物園の半券がきっかけになり、あまり考えないようにしていた心の奥の疑問のようなものが、顔を出し始めた。パパは、自分がロウドの本当の父親だと言うし、ロウドもそうなのではないかと信じ始めている。けれど、なぜそうなのか、パパはそれ以上の話はしてくれない。ロウドは自分の部屋を出て、パパの部屋に行くと、本棚をじっと見つめた。疑問を解いてくれそうなものが、あるような気がしたからだ。ロウドもエコリシテの自分のロッカーの中に、宝物を色々と入れてあるが、一番大事なものは、棚の一番上の右の端っこに入れてある。パパの本棚の右端を見上げていくと、一番上の段に、背表紙に何も書かれていない、怪しい本があった。ロウドは椅子を持ってきて、その上に立って背伸びをして、どうにかそれを取り出した。それは屋根裏にあったものと同じ、写真が貼ってある本だった。パパのベッドに座り、悪いことをしているような気持ちで表紙を開くと、最初のページに、生まれたばかりの赤ちゃんの写真が貼ってあった。「トオン誕生」と下に書かれている。

「ぼく?」

ページをめくるごとに、ロウドと同じ目の色のその子は、少しずつ成長していく。エコリシテの乳児クラス、幼児クラス、初等クラスで育てられているトオンは、いつも笑顔でカメラの方を見ている。

「ぼくじゃ……ない」

目の色は同じだけれど、髪の色は栗色で、笑ったり泣いたり表情も豊かなその子が自分でないのは明らかだ。トオンは今のロウドと同じぐらいに成長して、サッカーの公開試合でボールを追っている写真が、最後の一枚だった。……ぼくでは、ない。衝撃を受けて、ロウドはぼんやりとした表情で写真の本を閉じた。ぼくは、トオンじゃない。つまり、パパの子供じゃない。パパの本当の息子、トオン。彼は今、どこにいるのだろう? 背景を見ると、ロウドが暮らす同じエコリシテで彼も育っているが、トオンという名の子のことなど聞いたこともない。ロウドは不可解に思いながら、写真の本を元の場所に戻した。なんとなく疑問は感じてはいたが、パパが本当の父親でないとわかり、ロウドは足の力が抜けていくように感じた。パパは、ぼくに嘘をついていたのだろうか。そんなふうには思えないが、よくわからない。混乱しているロウドは、風が吹いてくる窓の方を見やった。家と同様に、こぢんまりとした小さな庭には、白いデージーが植えられている。エコリシテの庭にも咲いている花だ。パパも、さすがに花までは異国から持って来られなかったようだ。窓辺に立って、ぼんやりと庭をながめていたロウドは、隣の家との境に白い紙のようなものが落ちているのを見つけた。紙の飛行機だ。けれど、ロウドは外にそれを飛ばしたことはない。不思議に思って、それを取りに行こうと、窓枠に足をかけた。出てはいけないと言われたが、庭にちょっと出るぐらいならかまわないだろう。窓から庭に飛び降り、久しぶりに足の裏に芝生を感じて、太陽の光を浴びたロウドは、大きく伸びをしたい気分だった。でも、近所の人に見られてはいけないので、前屈みで、落ちている紙の飛行機を取って戻ってくると、窓の下に腰を下ろした。少し汚れている紙の飛行機は、やはり自分が折ったものではなく、中にタイプライターで打った字が見える。ロウドは胸騒ぎがして、折ってある紙を開き、一枚の紙に戻した。それは間違いなく、パパが打ったものだった。

『エコリシテ宛　初等教育地区担当ケイン殿　ロウドは元気です。心配しないでください。もうちょっとしたら帰ります。ロウド』

そのように打ってあるだけだ。ロウドは呆然と、それを見つめた。確かに、この家には電子ボードが一台もない。パパがそれを使っているのを一度も見たことがない。

「でも、パパは嘘をつかない」

ロウドは飛行機だったその紙を握りしめた。嘘をついていないことが逆に、ショックだった。パパはこれが本当に、エコリシテに届くと思っているのではないだろうか？　ぼくがトオンだと思っているのではないだろうか。

「トオン！」

びっくりしてロウドが顔を上げると、パパが庭に入ってきた。

「出てはいけないと言っただろ！」

慌ててロウドは手に持っている紙を後ろに隠したが、パパはとても焦っている様子で、ロウドを抱き上げると、窓から家の中へ放り込むように押し込んだ。パパは自分も家に入ってくると、窓を閉めてカーテンも閉めた。そしてドアにも鍵をかけて、椅子に崩れるように座って、がっくりと頭をたれた。ロウドが外に出たことを怒っただけではなさそうだ。

「パパ？」

この人は自分の父親ではない。それがわかった今も、急によそよそしくはなれなかった。いつも穏やかなパパが、こんなにひどい様子になっているのを、黙って見てはいられず、ロウドは声をかけた。

「どうしたの？」

パパは、すまない、と顔を上げた。

「街に行ったら、どこの掲示ボードにも、おまえの写真が映っていて。みんなが、おまえを探している。さっきも警官がこの辺りをまわっていた。誰かが気づいたのかもしれない」

ロウドは目を大きくしてパパを見た。パパもロウドを見つめ返して、首を横に振った。

「一刻も早く、この国を出ないと、また私はトオンを失ってしまう。そう思って、飛行機のチケットを買うために」

ロウドにもパパが混乱しているのはわかった。けれど、じっとパパの話を聞いた。

「買うために必要な、渡航許可書をもらいに役所に行ったんだが……ＩＤを調べたら、パパが薬を飲んでいるとデータにあるから、許可書を出せないと言うんだ」

パパは顔を両手でおおった。

「私たちは、旅に出られないんだよ、トオン」

やはりパパは嘘をついているのではない。紙の飛行機でメッセージが届くと、本当に思っている。ロウドがトオンだと信じている。パパが飲んでいる薬は、きっと心の病気の薬だ。ロウドは小さな胸の中でそれを理解した。

「パパ」

ロウドは、パパの腕にそっと触れた。

「大丈夫だよ」

パパは顔を上げて、ロウドを見た。

「パパの病気が治るまで、待ってるよ」

パパがするように、真っ直ぐにパパの目を見つめて言った。

「トオン」

パパは大きな手で、ロウドの手を包むように握りしめた。

「ありがとう」

その夜、パパとロウドはまたベッドで「映画」を観た。言葉は古いけれど異国の映画ではないから、ロウドにも少しわかった。女の人と男の人が、お互いに好きなのに、住んでいるところが違って、みんなに反対されて、一緒になれない悲しい話だった。やはり最後まで起きていられなくて、ロウドはパパに寄り添ったまま眠ってしまった。パパは一晩中ずっと、ロウドの手を握っていてくれた。

翌朝、ロウドはパパの作る大好きな朝食を食べた。二人とも何も話さなかったが、これから自分たちがどうするかは、わかっていた。ロウドはトオンの服を脱いで、エコリシテから着てきた服に着替えた。パパは壁から世界地図をはがすと、たたんでロウドにくれた。

「持って行きなさい」

ロウドはそれを受け取り、ありがとう、と微笑んだ。それを見て、ようやくパパにも笑顔が戻った。

「いつか一緒に行こう。幸せになれる国に、私たちの国に」

ロウドはうなずき、名残惜しそうに大好きな自分の部屋を振り返って見ながらそこを去った。小さいけれど素敵なものがたくさんあって、全てが初めての経験だった「家」。パパと過ごした、宝箱のようにきらきらしていた数日間を、一生忘れることはできないだろうと、ロウドは思った。

無言で運転するパパの横に座って、エコリシテに戻るまでの道をロウドは一生懸命記憶した。ケインや父親に説明すれば、またパパに会わせてもらえるかもしれない。

「パパ、必ず戻ってくるからね」

エコリシテを囲む人工林のそばで車を停め、ロウドの手をひいて送って行くパパにロウドは言った。

「みんなにちゃんと説明して、戻ってくる」

パパはしゃがんで、ロウドと向きあった。

「もしそれがダメでも、中等部になれば、一人でも外に出られるようになるから。そしたら絶対に会いに行く」

パパとロウドは見つめあった。

「ロウド」

久しぶりに本当の名前を呼ばれた。パパの目は、いつものように真っ直ぐロウドを見ている。

「ありがとうロウド。素晴らしい子だ、君は。パパは大丈夫。ロウドが幸せなら、パパも幸せなんだ。だから大丈夫、心配しないで」

パパはロウドを抱きしめた。きつく、きつく抱きしめた。息ができないぐらいに。でも、ずっと放さないで欲しかった。

「愛してる」

「愛してるよ、パパ」

パパの腕の力がすっと抜けて、パパは立ち上がった。そしていつものように穏やかに微笑んだ。自分と同じ瞳の人。ロウドは世界地図を胸に抱え、ゆっくりとパパに背を向け、人工林の中へと入って、出て来た時と同じ道を戻った。途中、振り返ると、パパは笑顔で手を振った。ロウドはホッとして、自分も笑顔で手を振った。パパが木の陰で見えなくなるまで、何度も立ち止まっては、手を振った。

その日、エコリシテは大騒ぎになった。行方不明になっていたロウドがひょっこり運動場に姿を現したからだった。ロウドはすぐに病院に連れて行かれて、健康状態をチェックされた。いたって健康とわかると、続いて警察の人間がやってきて、どこにいたのかといきなり聴取が始まった。事態が予想以上に大きくなっていることにロウドがあ然としていると、知らせを受けたロウドの父親と母親がすぐに駆けつけて、事情を聞くのは明日にしてくれと、警察の人を追い出してくれた。父親も、母親も、心底ホッとした様子だった。ロウドは心配をかけたことを、二人に謝った。

「どこにいたんだい、ロウド?」

父親に聞かれたが、ロウドは答えられなかった。翌日からは警察が来たり、カウンセラーが来たりして、ロウドに質問を繰り返した。パパが自分を「誘拐」した犯罪者になってしまうことがロウドにもわかってきて、何も覚えていません、とただ繰り返した。小さな心に秘密を抱えながら、大人たちの執拗《しつよう》な質問に対応するのは、子供のロウドには、かなり辛いことだった。けれど、それよりももっと辛いのは、エコリシテの大きな寝室で、前のように寝なくてはいけないことだった。どこまでもベッドが並ぶ寝室は冷たく感じ、パパの家のベッドが恋しかった。パパはどうしているだろうと考えると、ロウドは寝つくことができず、夜が明けてしまうこともあった。でも、ロウドには何もできなかった。大人に相談すれば、パパが犯人になってしまう。そしたらパパと異国に行くことは、もっともっと難しくなってしまう。

「覚えてません」

カウンセラーに、繰り返し答えながら、ロウドは思った。何も覚えてないんだ、ぼくは何も覚えていない。大人たちがこの事件のことを忘れるまで、ぼくは覚えていないふりを続けよう。それがたった一つだけ、自分がパパのためにできることだ。必死になってロウドは記憶喪失を演じた。実際、パパのことを考えると辛かったので、忘れてしまったのだと思うと、自分自身も楽だった。そうするうちに次第に記憶は心の奥に封印されて、ロウドはあの五日間のことを本当に思い出さなくなり、いつしか眠れるようになった。そしてエコリシテの日常に戻っていった。

病院のロビーで『AGE』誌を見つけることができなかったロウドは、病院の外にそれを買いに行き、ステーションの売店でようやく見つけて、病室に戻ってきた。

「遅くなってごめん。ロビーにないからステーションまで買いに行ってしまったよ」

笑いながらロウドが病室に入ると、起きることなどできないはずの父親が、おぼつかない足でベッドから出て、立とうとしているところだった。バランスを失ってくずおれる父親に、驚いてロウドは駆け寄り、骨を直に感じる痩せきった体を支えた。

「ひとりで起きたりして、危ないじゃないか」

「ロウド！　ロウドはどこだ？」

父親は、驚くような大きな声で息子を呼んだ。おそらく痛み止めの劇薬が精神にも影響を与えて、錯乱を起こしているのだろうと、ロウドはすぐに察した。安心させるために、ロウドは穏やかな口調になって告げた。

「ここだよ、ここにいるよ、ロウドだよ」

父親はロウドにしがみつきながら、安堵したように言った。

「ロウドか。ああ、よかった。また、どこかに行ってしまったかと思った。ああ、よかった」

先ほどまでの冷静な父親の顔はなかった。薬のせいだ、しかたないとロウドは繰り返し思った。

「雑誌を買いに行ってたんだよ。ぼくの書いた記事を読んであげるから、ベッドに横になって」

しかし父親は、ロウドにしがみつくように両手をまわしたまま、手の力を抜こうとはしない。

「いい、このままで」

「このままじゃ、読めないよ」

ロウドは笑って言った。

「ロウド、二度と消えたりしないでくれ」

「だから、ここにいるよ」

ロウドは微笑んで返しながら、なんでこんなに胸が苦しいのだろうと自分でも不思議に思った。

「記事を読むから、感想を聞かせてよ」

「……おまえは、優秀だ。私の誇りだ」

父親の声は次第に落ち着いてきた。

「自分の息子が、素晴らしい人間になり、この国に、貢献してくれて嬉しい」

「あなたに認められる息子になれて、ぼくも嬉しいよ」

「でも、そんなことは……どうでもいい」

父親の腕の力はまた強くなった。

「おまえが、幸せでいてくれることが、私の一番の望みだ」

きつくきつく、どこにこんな力が残っているのだろうと思うぐらい、父親はロウドのことを抱きしめた。こんなふうに父親に抱きしめられるのは初めてだった。薬のせいではない。父親の腕の中で、ロウドは気づいた。これが本当の彼なのだ。ロウドが知っている普段の父親とは違う。しかし、これも本当の「父親」の姿なのだ。胸が張り裂けそうになり、熱いものがロウドの全身を走った。

「パパ」

口からその言葉が出た瞬間、失っていた五日間の記憶が、ロウドの中で一気によみがえった。「父親」と「パパ」が、ロウドの中で一つになった。二人に何の違いもない。今、抱きしめている父親も、真っ直ぐに自分のことを愛してくれている。胸が熱くなるぐらい大切な人。ロウドは、父親を強く抱きしめて返した。

「愛してる」

温かいものが頬をつたっていくのを感じた。心の奥底に封じ込めていた全ての記憶が涙とともに溢れてきて、ロウドをいっぱいに満たした。


父親の葬儀を終えた数週間後、ロウドは自分が育ったエコリシテを訪れた。カウンセリングセンターに、あの世界地図は保管されたままであることがわかって、ロウドはそれを感無量の思いで受け取った。事務局で、過去のデータを調べさせてもらい、「トオン」という名前の子供が、在籍していたこともわかった。トオンはロウドよりも六歳年上で、ロウドが幼児クラスにいる頃、突発性の心臓病で十歳で命を落としていた。父親の名前は「ルタア」だった。さらに当時の施設内での出来事を調べていくと、トオンが亡くなったことで精神的に病んでしまったルタアが、エコリシテに度々侵入して何度か保護されたことも記録に残っていた。

よみがえった記憶をもとに、ロウドは車を走らせて、パパの家へと向かった。子供のロウドが懸命に記憶していたおかげで、ほとんど迷うことなく、その場所を見つけることができた。裕福な地域でないことはなんとなく察してはいたが、さらに環境はひどくなっていた。当時建っていた小さな家々も、大半が姿を消して、代わりに粗悪な作りの長屋が、雑然と並んでいる。世界一、豊かな国と言われているF国も、現実にはこのようなことが起き始めている。「自分の国のことが一番わからない」というパパの言葉をロウドは思い出していた。

「あれだ」

それを見つけて、思わず声にした。パパの小さな家は、奇跡的にそこにまだあった。けれど、ツヤツヤとしていた木の色は褪《あ》せて今は灰色になり、窓も塞がれて、人が長いこと住んでいないのは一目でわかった。それでも懐かしくて、家のまわりをまわって見ていると、荒れ果てた庭に、白い花が咲き乱れていた。あの日と同じように。

「なにしてんだ？」

びっくりして顔を上げると、隣の庭から老人がこちらを見ていた。

「この家に住んでいた、ルタアという人を探しに来たんです」

老人は、面倒そうに返した。

「そんな名前の男が居たね。その家は、もう長いこと人に貸していて、今は空き家だ」

「彼は、どうしているか知ってますか？」

老人は自分の頭を指差した。

「ここがおかしくなってね。そのうち病院に入って、もう死んだって聞いたよ」

ロウドは白い花を見下ろした。パパの穏やかな顔が思い出された。

「もともと変わりもんだったが。昔のような暮らしをして、こんな家まで作って」

「彼と約束したんです。また会いに来るって」

老人は眉毛を上げただけで何も返さず、足をひきずって自分の家に戻って行った。ロウドはしゃがんで、白い花を一輪摘んだ。子供のロウドはそれをデージーと思い込んでいたが、今見れば、頭花はそれよりも小さく、同じ菊の種類のようだが花弁は糸のように細くて、全く違う花であるとわかった。少なくとも、F国では見たことがない花だ。人工植物のほとんどは花をつけるのは一度だけで、次のシーズンまでもつことはなく枯れてしまうのが普通だ。なのに廃屋の庭で、それが今も咲き続けていることが、何よりも不思議だった。この花のように、パパも、ずっとぼくのことを待っていたのかもしれない。最後まで、この国に馴染めなかったパパは、ロウドと一緒に異国を旅する日を夢に見ながら、息をひきとる瞬間まで、待っていたのかもしれない。後悔しても、遅すぎる。取り返しはつかない……。

「パパ、約束を破って、ごめん」

ロウドは声を詰まらせ、白い花の上でパパに詫びた。そして罪悪感が、もう一つの名前を呼び起こす。

アマナ。

自分は、パパとの約束を破った。そして、生まれて初めて心から愛した女性、アマナにも、同じことをしてしまった。でも、彼女とは、今からでも会うことはできる。逃げた自分を許してはくれないだろう。拒絶されるかもしれないが、それでも、二度とこのような後悔はしたくない……。彼女は、自分に残された、たった一人の愛する人だから。ロウドは、振り返り、小さな家を見上げた。

なぜ、アマナが自分にとって唯一の人であるのか、なぜ、彼女の微笑みを忘れることができないのか、今なら説明できる。パパは、国の制度の中に収まりきれない溢れる愛情をロウドに注いでくれた。その愛を、胸の奥に密かに抱いてロウドは大人になった。そして再び、制度を乗り越えて自分を愛してくれようとした人、アマナに出逢い、心は開かれた。湧き出す自身の感情に戸惑い、全てを奪われそうで恐れたが、それこそが愛なのだ。全てをかえりみずにバクチを打つのが。

自分は行かなくてはならない。ロウドは世界地図を開いた。薄い緑に塗られた小さな島国、N国。この地図の時代から変わらずに、その国はその場所にある。

「パパ、ぼくは行くよ」

パパが、そして父親が、白い花の向こうにいて、早く行きなさい、と言ってくれているような気がした。恐いものは何もない。恐れとは、砂男のように自分が作り出すものだ。今にもばらばらになりそうな古い世界地図を手に、ロウドはそこを後にした。


N国の全ての女性がそうするように、アマナは家族庁が選んだ相手と結婚した。モリカワという男で、アマナより四歳年上、建設会社に勤務している。中肉中背で、東洋系の一重の目。見た目はおとなしい感じだが、この国の最高学歴を持っていて、まだ二十代なのに将来の役員候補だと言われるぐらい優秀な人材である。

「おいしいね、このオレンジ。どこで買ったんだい?」

今年になって初めて顔をあわせた、その彼と暮らし始めて三ヶ月。オットと向かいあって食事をするのも、ようやく慣れてきた。

「人工フルーツをたくさん置いてある店を見つけたの。朝にフルーツを食べると体に良いと聞いたから」

「ありがとう。ここんとこ残業続きだから、ビタミンCを摂取しなきゃね」

モリカワは目尻を下げて微笑んだ。モリカワは、まだ少女のような表情を残している可愛らしいツマを見るたびに、家族庁のコンピューターに心から感謝している。こんな素晴らしい人が、まさか自分のツマに選ばれるとは、夢にも思わなかった。容姿だけでなく、ツマは非常に賢くて、自分の身のまわりの世話も完璧にこなす。また、会社から疲れて帰ってきて仕事の愚痴をこぼしたりすると、じっと耳を傾け共感してくれるが、最後に出しゃばらない程度に良いアドバイスをくれるので、よし、明日も頑張るぞ！　という気分にさせてくれるのだ。実際、モリカワの仕事の成績は、結婚してからまた一気に伸びて、年内に昇格が決まりそうだ。ツマの貢献度も評価されて、会社と国から報奨金が彼女にも入るだろう。

「この粉末紅茶もうまいね。ダージリン風味がぼくは一番好きだ」

「ホント？　私もダージリン風味が好きなの」

さすがは家族庁のコンピューター。アマナも驚いたが、モリカワとはとても嗜好《しこう》が似ている。コーヒーより、紅茶。朝はパン。あまり脂っこいものはダメ。二人で外食などする時も、意見が合うのでとても楽だ。

「人工卵のゆで具合もちょうどいい。あまり生っぽいのはダメなんだ」

「私も。中のところがちょっとだけ、やわらかいぐらいがいいの」

そうそう、とモリカワは笑う。アマナもこういうところで気が合うのは、悪い気はしない。

「君が、合成肉より養殖魚が好きなのも、嬉しいよなぁ。女の子って魚嫌いが多いから。そうだ昇らない。

進したら、奮発して寿司を食べに行こう」

「それはちょっと贅沢すぎない？　おいしそうだけど」

けれど、この三ヶ月、二人で食べ物の話しか、していない気がする。食べ物だけでなく他にも、好きな「ムービー」が一緒だとか、共通しているところも色々ある。けれど、同じムービーが好きでも、アマナは人間の心の機微を観るのが好きだが、モリカワは単にドンパチ騒ぐうるさい映画よりも静かなものが好き、という程度で、たいてい最後まで観ないで寝てしまうから、あまり話にならない。

「今日から新しいプロジェクトが始まるんだ」

「がんばってね」

また、向こうが仕事の話をしてくれれば、真摯に聞いて、想像力を働かせてアドバイスをする。でも、不慣れな土地に嫁いできて、買い物一つにも困っているアマナが、モリカワに助けを求めても、彼は「それをどうにかするのが君の仕事だろ」と一言で片付けてしまう。それはそうだと思うから、それ以上は言わないが。

「ぼくは、幸せだよ。君と結婚できて。これで子供ができたら、もっと楽しくなるね」

モリカワに見つめられて、アマナはええと答えながら目を伏せた。この国では、子供を産むことは、夫婦に課せられた大きな仕事の一つだ。だからこそ確実に計画的に作るのが一般的だ。結婚すると、まずツマは専門の病院に通い始め、出産計画を立てて、医師の指示に従って体調を調え、子作りをする。

「ごめんなさい。もう少し、待っててね」

「べつに慌てなくていいよ。子供がいない期間を持つことも、夫婦にとって大切だと、家族庁は言ってるからね」

とはいえ、オットが子作り……というかセックスをしたがっているのは、雰囲気でわかる。アマナからは、体調があまり良くないので万全の状態になるまでそれを控えた方がいいと医師に言われていると、彼には言ってある。本当は、医師にそれを止められてはいない。ただ、体調が優れないのは事実で、無理はしないように、と言われているだけだ。アマナにとって今それは「無理」なことなので、そういうことにしている。いつまでこの嘘を続けられるのだろう。そして、自分は目の前に座っている男を、いつ受け入れることになるのだろう？

「昨日は、社員食堂でパスタを食べたんだけど、うまくなかったな」

「私もパスタだった。トマトソースであえただけ」

「ああ、ぼくも、そういうのが一番好きだ」

アマナはテーブルの横に、二人の子供が座っているのを想像した。ありそうな風景だと思った。近い将来、想像が現実になるだろう。それに対して、嫌だとも、嬉しいとも思わなかった。なぜなら、それが普通で、アマナの家庭もそうだったからだ。チチとハハがいて、自分がいた。ハハは、オットとムスメのために、自分の人生を捧げた。

「ツマ？」

繰り返し呼ばれて、ぼんやりしていたアマナは我に返った。「ツマ」と呼ばれることに、三ヶ月たった今も慣れていない。N国では国民は皆、ファミリーネームしか持たず、個人の名前はないから、夫婦間では「オット」「ツマ」と相手を呼び合う（子供は両親を「チチ」「ハハ」と呼ぶ）。外では、男性はそのまま「モリカワ」と名乗るが、アマナのような既婚女性は「モリカワのツマ」と名乗る。子供は成人するまで「モリカワのチョーナン」とか「モリカワのムスメ」などと呼ばれる。アマナも、以前は「ヤマノのムスメ」だった。「アマナ」という素敵な名前は、F国から来た、ロウドという男が、彼女につけてくれた名前だ。この国で、固有の名前を持っているのは、おそらくアマナだけだろう。もちろんこれは、アマナとロウド以外は、誰も知らないこと。オットにも話していない、大事な秘密だ。だから、アマナのことを「アマナ」と呼ぶ人は誰もいない、ロウド以外には……。

「なに？」

アマナはようやく返事をした。

「ぼくが昇進したら、君にも報奨金が入る。好きなものを買ったらいいよ」

べつに欲しいものはなかった。洋服？　アクセサリー？　食べるもの？　どれも興味がない。そうだ、一つ欲しいものがある。

「ヒメジョオンを買って、お庭に植えたいわ」

「それは、植物？　高いの？」

モリカワは首を傾げた。

「いいえ、どこにでもある花よ。亡くなったハハがヤマノの家の庭によく植えていたの。もちろん人工花だけれど、とても強くて、たまに次の季節まで根がもって二度花が咲くこともあるの」

ふうん、とモリカワは興味なさそうだった。

「庭仕事をして、せっかくのその白い肌が、日に焼けるのはもったいないな。もっと服とか、身につけるものを買いなよ」
人工芝だけ敷いてある殺風景な庭をアマナは見つめていたが、そうね、とだけ返した。そろそろ出かけるかな、とオットは言って、出勤用の上着や靴を用意するために、モリカワのツマは、彼より先に立ち上がった。

あまり汚れてもいない家を、毎日の日課であるから端から端まで掃除して、オットのクローゼットの整理をして、オンラインで日用品の買物をすませ、時計を見ると、まだ三時だった。余った時間を、自分のためにどのように使うか？　同じ時期に嫁いだ友人に聞くと、オットのために美しさを保つように、ジムに行ったり、美容サロンに行ったり、健康な子供を産むための教室に行くという。自分もそうすべきだと思うが、アマナはただぼんやり物思いにふけって過ごしてしまうことが多い。この頃は、ハハの絵を出してきて、それに見入ってしまう。形見に実家から持ってきたものだが、何百枚、いや何千枚はあるかもしれないスケッチ。花や植物を描いたものがほとんどだ。ワードローブに隠されていたこの大量の絵を、ハハが亡くなった後に発見するまで、彼女が絵を描いていたことなど、アマナは全く知らなかった。スケッチブックの日付を見ると、結婚する前から、三年前に病気で亡くなる寸前まで、描き続けていたようだ。おそらく、オットも子供も家にいない、このような午後の数時間に、こっそり描いていたのだろう。その絵が、オットや子供のために描かれたものでもないことは、見ればわかる。スケッチと言っても、モチーフをとらえた独特のラインは個性的で、作品としてもかなりレベルが高い。もし、ハハが男であったら、間違いなく画家になっていただろう。いや、おそらくハハは密かにアーティストになることを目指していた！　この国では許されないことだけれども……。ハハのもう一つの顔を見つけて驚き、アマナはその才能に感嘆した。男に生まれてこなかったハハを、可哀想にも思った。絵を描いていることを完璧に隠していたのもわかる。チチは、役人で家族庁の幹部。そのツマたるものが、オットのサポートもせず絵を描いているなんて知られたら、チチの立場までが危うくなる。しかし頭では理解できても、どうしても最後には、ハハに対する怒りのようなものが、アマナの心に残る。どうしてだかわからないのだが。だから、今日もハハの絵を見て、考え込んでいる。

「あっ」

スケッチブックをめくっていたアマナは、声をもらした。一枚の写真が、ヒメジョオンを描いた絵の上にはさまれていた。それは若い頃のハハだった。黒くて細い糸のような髪が一筋こぼれて、彼女は恥ずかしげにうつむいているが、筆先を見つめるその目は輝き、光に満ちている。こんなに豊かな表情をしているハハを、美しいハハを、見たことがない。私は、こんなに幸せそうなハハを見たことがない！　誰が撮ったの？　絵を描いている姿を、いったい誰に見せたの？　アマナの中にたまっていたハハに対する怒りが、写真を見たことでついに爆発した。

「嘘つき！」

ハハは嘘つきだ。私たちの前では、オットと子供のために懸命に働き、自分の人生を全て家族に捧げている、普通のハハだった。あれは偽りの姿？　アマナは両手で顔をおおって、泣いた。なんでこんなに自分が泣いているのかわからなかった。ロウド。心の中で、彼の名前を呼んでいた。

ロウド、どうしたらいいの？

ひとしきり泣いたアマナは顔を上げた。窓から入ってくる風が濡れている顔にあたって気持ちよかった。アマナは母に問いかけた。

「どっちがハハなの？」

チチの靴を無表情で磨いていたハハと、少女のように目を輝かせて絵を描いている写真のハハと、どちらが本物なのだろう？

「どっちも、ハハよ」

アマナは自分でその問いに答えた。ハハの気持ちが、痛いほどわかったからだ。明日は我が身だ。今朝想像した、モリカワと生まれてくる子供と食卓を囲んでいる家族の風景は、もうすぐそこにある。私もハハと同じように、このままオットと子供のために生きるツマでハハになるだろう。「アマナ」という名前をワードローブに隠して、ツマとハハを演じていくのだ。どこか、それは自分でないと感じながら淡々と一生を終えていくのだ。アマナの目から、また大粒の涙が朝露のように落ちた。

「だって、アマナ」

彼女は誰も呼んでくれない名を、自分で呼んだ。

「あなたは、そちらの道を選んだんでしょう？」

ロウドは私をこの国から連れ出してくれると言った。一緒に生きようと。でも、約束の日に私は行かなかった。どうなるか全くわからない未来にかける勇気がなくて、彼を裏切った。そして、わかりきった未来を選んだ。選んだのはアマナ、あなたよ。ハハの写真の上に涙が落ちて、アマナは慌てて、それを取り上げて拭いた。ふと、裏を見ると、写真を撮った日の年月が書いてある。すぐにアマナは引き算して、それは自分が生まれる七年前だとわかった。チチと結婚するちょっと前だ。

ハハもずっと子供を作らなかった。やはり体調が悪かったと聞いているが、この写真を撮った人と関係があるのかもしれない。私とハハは似たような人生を、歩んでいるような気がする。二つの自分を抱いた人生を……。でも、ハハは、絵を描く行為をやめないことで、もう一人の秘めたる自分を支えていくことができた。私は？　ツマでありハハである自分に違和感をおぼえながら、もう一人の自分、アマナをどうやって支えていけばよいのだろう。

「無理よ」

それは無理。なぜなら「アマナ」は、ロウドが私を見つめている時にしか、存在しない。運命がめぐり逢わせた異国の人。彼の金茶の目を見た瞬間、自分の中にある可能性というものに気づいてしまった。彼は一人の男だけれど、新しい世界に導く「扉」でもある。その扉の向こうに飛び込まなければ、私は「アマナ」にはなれない。

ヒメジョオンが描かれたスケッチブックと、ハハの写真がアマナの膝から床に落ちた。意識せずに自然と立ち上がっていたからだ。吸い寄せられるように、家庭用電子ボードの前に行くと、それは反応して画面にメニューが出た。アマナは『ＡＧＥ』誌のサイトを探すと、読者からの意見を受け付けているメッセージボックスを開いた。しばらくは、その画面を見つめていた。自分は、とんでもないことをしようとしているのではないか。心臓の鼓動が早くなっているのがわかる。指は意思よりも先に画面上のキーボードに向かってのびてゆき、それに触れると、アマナはメッセージを入れた。

『貴誌専属記者ロウド様

以前はＮ国を取材していただき、ありがとうございました。アマナという花を、覚えておられますでしょうか。あの時はお約束を破り、今さらお詫びの申し上げようもありません。私に失望なさったことと思います。でも、もし、もう一度だけチャンスをいただけるならば、今度こそ置いていかれたアマナの花をとりに来て欲しいのです。身勝手な申し出だとわかっていますが、心からあなたのことをお待ちしております。アマナ』

病院の待合室でモリカワと並んで座っているアマナは、先ほどから遠くを見つめたまま、心ここにあらずというような表情をしていて、オットはさすがに心配になってツマに声をかけた。何度か呼ばれて、アマナはようやく返事をした。

「ツマ？　なんだか顔色が悪いよ」

アマナは無理に微笑んで返す。

「大丈夫よ。でも、こんな大きな病院で診察するほどのことじゃ……ないと思うの。今日は帰らない？」

「調子が悪いと言って、診察を早めてもらおう」

アマナの言葉も聞かず、モリカワは立ち上がり、足早に受付へと行った。なかなか子作りができないことにしびれをきらせた彼は、もっと都心の病院で診てもらおうと言い出して、わざわざ今日は付き添って来た。これから診察をする医師は、アマナが問題なく子作りができる体であることを彼の前で告げるだろう。もう、嘘は通らない。これ以上拒めば、モリカワは、なぜだ？　と問い詰めてくるに違いない。でも、他に好きな人がいると言っても、彼はおそらく理解できないだろう。結局、私はモリカワの子供を産むことになる。アマナは携帯用の電子ボードをバッグから取り出して、メッセージが届いていないか見た。何も来ていない。ロウドにメッセージを送って一ヶ月以上経ったが、返事はない。どこかで期待していたのだろう。空のメッセージボックスを見るたびに、土から抜かれた花のように生気が抜けて、自分がどんどんしおれていくような気がする。ロウドは、約束を破った自分を、やはり許してはくれなかったのだ。もう「アマナ」なんていう女のことは、忘れてしまったのかもしれない。ロウドが愛してくれてこそ存在する「アマナ」という女は、彼が愛想をつかした瞬間に、消えてしまった。もうアマナは、この世にいない。ここにいるのは、ただのモリカワのツマだ。どこにでもいる、N国の女……。

「診察の順番を早めてくれたよ。ツマ？」

モリカワが受付から戻ってくると、先ほどまでツマが座っていたベンチには誰もいなかった。どこに行ったのだろう？　と彼は辺りを探したが、彼女の姿はどこにもない。トイレにでも行ったのだろうか？　待合室を見回していたモリカワは、ツマの顔を予想もしなかった場所に見つけて、まさかと自分の目を疑いつつ、それを見つめて立ち尽くした。

F国にある『AGE』誌本社のデスクで、ロウドはぼんやりと一点を見つめていた。この数日、デスクに座ったきりで、かといって電子ボードを叩いて仕事をしているわけでもなく、まわりの同僚も普段のロウドらしくないと思っているが、最近、父親を亡くしたばかりだから、葬儀やら弔問客の相手で疲れているのだろうと、何も言わないでいる。ロウド本人も、何かしなくてはと思うのだが、大きな岩の前で立ち往生している感じで、どうしていいのかわからない。目を通さなくてはいけない資料、校正途中のゲラや、読者から届いているメッセージの束などが、山積みになっているが、手をつける気もしない。

「大丈夫か、ロウド？」

ついに見かねて声をかけてきたのは、広告部のポウルだった。同じエコリシテで育った彼とは偶然、職場で再会してから再び良い友人となった。

「父親が亡くなったぐらいで、そんなに落ち込むなんて、おまえらしくないぞ」

F国人らしい発言だなと、ロウドは苦笑した。

「いや……ちょっと難問にぶちあたってててね」

「なにが起きたんだ？」

ポウルの顔を見ているうちに、サッカーが下手くそだった頃の彼を思い出し、どこか肩の力が抜けたロウドは、打ち明けていた。

「前にN国を取材したことがあったろ？　もう一度、会いたい人間がいてね、入国認証を申請したんだが、N国政府に拒否されたんだ」

「なんでまた？」

ポウルは、眉間にしわを寄せた。

「前回、取材の条件に、家族庁幹部のムスメの潜在意識調査を、秘密裏にしたんだよ。結果、彼女も国のシステムに不満を抱いてることがわかっちゃってね」

「ああ。つまり、家族庁幹部の立場を揺るがす、家族の汚点を知ってるお前には、二度と会いたくないし、国に近寄ってもらいたくないというわけだ」

そのとおり、と反応がいい相手を、ロウドは指差した。

「おそらく、N国に自分は一生、入れない」

「どうしてもN国に行きたいのか？」

ああ、とロウドは力なく返した。

「ふうん。おまえがN国に入れないだけで、そんなに落ち込むなんてね」

ポウルは豪快に笑った。ロウドはきょとんとしてそれを見た。

「初等クラスの時、おまえ行方不明になったことがあっただろ？　子供たちの間では、『ロウドはUFOにさらわれたんだ』って噂になったんだよ。そしたら四、五日たって、けろっとした顔で戻ってきて、記憶がないって言うだろ？　ホントにUFOだ！　ってますます盛り上がって」

「そうだっけね」

ロウドも微笑んだ。笑っちゃうよ、と今度はポウルがロウドを指差した。

「今も同じだからさ。ここでも、おまえは何の前触れもなく突然姿を消して、『ロウドはどこ行ったんだ？』とみんなが騒いでると、ひょっこり戻ってきて、まずいオフィスのコーヒーをガブ飲みしてる」

「そりゃ記者だから、しょうがないさ。極秘取材もあるし」

「わかってるよ。でも、エコリシテの頃からおまえは変わってない」

「そうだな」

「UFOに乗って宇宙まで行ったおまえが、たかが保守的な小国に入れなくて弱音なんか吐いて、らしくない」

ポウルの手が、ロウドの肩に置かれた。

「テレポーテーションでもして、入っちまえ。おまえならできる」

片目をつぶるポウルを見て、ロウドは我に返ったような顔になった。

「そうだな。ありがとう、ポウル」

ポウルはロウドの肩を叩いて、じゃあな、とそこを去りかけたが、ロウドを振り返った。

「でも実を言うとおれは、おまえを連れ去ったのは『砂男』だと、ずっと思ってたんだよ。おれはまだガキで、UFOより砂男を信じてた」

ポウルは、また思い出すように笑った。

「砂男の方が、恐かったんだ」

ロウドは真顔になって、ポウルに返した。

「いや、ポウル、おまえが正しいよ。実は、自分はあの時『砂男』に連れ去られたんだ。今まで言わなかったが」

そうか、やっぱりな！　ハッハッハとポウルは大笑いして、やっぱりおれが正しかったか、と愉快そうに去っていった。

「いや、本当に、そのとおりだ」

ロウドは呟いて、友人の背中を見送った。

「いもしない砂男を、まだ恐れていたようだ」


国際公用語の落ち着いたアナウンスが高い天井に響いているのをぼんやりと聞きながら、空港のロビーにアマナは佇んでいた。オットを同伴せずに、女性が一人でこんなところにいるのを変に思うのか、ずっと同じところに立ち尽くしているのを不審に思うのか、時々、行き交う人から視線が投げかけられる。しかし、アマナはそこから動けないでいた。病院を飛び出して、無我夢中で国際空港まで来てしまったが、ここから先どうしたらいいのかは、わからなかった。「アマナ」である自分が消えてしまう。そう思ったとたん抑えきれず行動に出てしまったが、無計画すぎると自分でも思った。パスポートも渡航認証も持っていないし、もちろん飛行機のチケットもない。どうやってF国に行けばいいのだろう。もし、行けたとしたって、ロウドが自分に会ってくれるとは限らない。でも、受け入れてもらえなくてもいい、拒絶されてもいい、もう一度だけ、ロウドに会いたい。この目で見て、彼が存在することを確かめたい。旅立つ人たちが、出国ゲートに入って行く。そのスーツケースの中に入って、自分も一緒に行きたいとアマナは思った。後ろを振り返ると、逆に入国ゲートから、帰国した人たちがロビーへと入ってくる。ほとんどがN国人だ。ロウドが入ってくるわけがないと思いつつ、アマナは、異国の人の姿をそこに探してしまうのだった。

国際空港の入国審査のブースの手前で、ロウドも思案していた。ブースの向こうは入国ゲートで、その先にロビーが見える。しかし異国人であるロウドは、政府から入国を許可されていることを示すものを、ここで提示しなければ、先に進むことはできない。もうN国の地に立っているというのに。その国に入ることができず、歯がゆかった。ポウルの言うように瞬間移動でもできればいいのだが……。国というものを分けているたった一本のラインが、愛のために行動に出た者を、絶対的な力で拒んでいる。列をなしていた帰国者は、次々に入国審査を終えて、最後の一人がゲートをくぐって出て行くと、ブースの前にいるのはロウドだけになった。審査官がブースの中から、ロウドに声をかけた。

「次の方、どうぞ」

ロウドは上着の内ポケットに手を入れた。パパのくれた地図が手に触れる。記憶を呼び起こした紙の感触。様々な色に塗り分けられた国々。国とは、いったいなんだろう。その違いは人が作り出したもの。制度も生き方も、所詮は、人が作り出したもの。目に見える線など、本当はどこにもない。

「どうしましたか？」

いぶかしげな目で問いかけられて、ロウドは一歩、足を踏み出した。ブースへと向かって、審査官の前に立つと、ポケットから地図ではなく、カード型の電子パスポートを出した。審査官はそれを手元の機器に差し込み、画面に出た情報を確認した。

「ミスター・ロウド。F国籍ですね。ご職業は、記者。今回の入国目的は取材ですか？」

「はい」

審査官はロウドを上目遣いで見た。

「ロウドさん、申し訳ありませんが、今回あなたが提出した入国認証の申請は、家族庁からの申し立てにより、却下されています」

「そんなはずは、ないと思いますが」

「入国することは、できません」

きっぱりと返す相手の前で、ロウドは無言になるしかなかった。

「F国にお戻りになる便を、手配しましょう」

審査官が端末のキーを打ち始めて、ロウドはため息をついた。

「出発口まで、ご案内します」

確実にロウドのことを怪しんでいる審査官は、立っているセキュリティーの男に手招きした。ロウドは身を引いて穏やかに抵抗し、頼んだ。

「もう一度、確かめてください」


帰途についた人たちの中にまぎれて空港を出ると、アマナは彼らと一緒に、都心に向かうシャトルに乗った。暮れていく陽が差し込む窓側の座席に座り、力なくシートにもたれると、こらえていた深いため息が出た。今さら、病院に戻るわけにもいかない。バッグの中の電子ボードに、繰り返しモリカワからメッセージが届いているが、読まずに電源を切ってしまった。返事をしても、しなくても、同じ。彼を怒らせようが、自分の行為を謝ろうが、結局は同じ。このまま病院にも家にも戻らず、街をさまよい続けたところで、他に行く場所はない。モリカワのツマである以外に、自分に選択肢はないのだ。衝動的に空港に来てしまったことで、逆に自分に自由がないということを、思い知らされることになった。私は、ロウドに約束を破ったことを、謝りに行くことすらできない。……二度と、彼に会えない。涙がアマナの頬をつたって落ちた。けれど、彼女は運命に負けたわけではなかった。

「捨てない」

アマナは、ハハの絵を思い出していた。ハハは絵を描くことで、抵抗を続け、自由を捨てはしなかった。私も抵抗し続ける。絶対に「アマナ」という名前を捨てはしない。決意したアマナは、強い意志を示すかのように、じっと窓の外を見つめた。歪んで見えなかった外の景色は、涙が乾いていくにしたがって、くっきりと直線だけで描かれた人工的な都市となって、彼女の瞳に映った。

「あの、失礼ですが……アマナさんですか？」

声をかけられて、アマナは息が止まるかと思うほど驚き、隣の席に座っている中年の男を振り返り見た。しかし、全く見覚えのない顔だ。

「……なぜ、その名前を？」

ロウドと自分しか知らないはずの名前を、なぜ、見ず知らずの男が？　ありえない。思いつめて考えていたから、そのように聞こえてしまったに違いないと、自分の耳を疑って、アマナは聞き返した。

「あの、もう一度、なんと、おっしゃいました？」

「アマナさんですか？」

けれど男は、その名前を繰り返した。

「この表紙の写真が、あなたとそっくりだから」

彼は持っている雑誌を、アマナに見せた。それは、『AGE』誌の最新号だった。初めてロウドと出逢ったあの日、インタビューで撮られた写真——記事に使われることはなかったショット。金茶の瞳の彼に、初めて微笑み返したその瞬間——が、表紙を飾っていた。少女のように恥じらいながらも、輝く瞳からは凛としたものが放たれている、その清々しい笑顔にかぶせて大きく『AMANA』の文字。

「……これは」

アマナは『ＡＧＥ』誌を手にして、自分の写真を見つめた。驚きの表情のまま、声にはならず、ア、マ、ナ、とだけ口が動いた。

「やっぱり、アマナさん？」

中年の男の問いかけに、アマナはゆっくりと、うなずいた。

「うちのムスメも、家族庁が決めた相手は嫌だって言い出してさ」

その時、シャトルがステーションの前で止まり、すみません、とアマナは立ち上がると、シャトルから走り降りていた。そのまま駆けて行って、ステーションの中の売店へと向かい、雑誌のコーナーで『ＡＧＥ』誌を探した。自分の顔がそこにもあった。アマナの顔を見てやはり驚いている店員からそれを買うと、アマナは『ＡＧＥ』誌を握ったまま、繁華街の道を歩き始めた。本屋のウィンドウに、バスを待っている人の手に、カフェのテーブルに、自分の顔がある。アマナに気づき、道行く人が振り返る。

「アマナだ」

誰かが言うのが聞こえた。アマナ、アマナだ、と皆が呼びかける。誰もが私を知っている。私とロウドのことが書かれているのだ、きっと。ロウドが、私たちのことを書いたのだ。私のことを、忘れてはいない！　アマナの足取りは徐々に早くなっていった。

「アマナ、がんばれ」

誰かが、そう言ったような気がした。アマナは微笑んで、けれど、振り返ることなく、足を止めることなく、真っ直ぐに自分が向かうべきところに向かって、走り出した。

ダウンタウンから一時間以上ある道のりを、アマナは乗り物にも乗らず、ヒールのある靴で走り続けた。息絶え絶えに、摩天楼を臨む、あのホテルの前にようやくたどり着いた時、初めて、もう一歩も歩けないと、アマナは思った。が、体はそこにとどまろうとはせず、残っている力をふりしぼり足を引きずるようにして、濃紺の色に暮れているホテルの敷地へと入っていった。

「ああ」

広大なホテルの庭を、遊歩道を無視して真っ直ぐに進み、迷うことなく行き着いたアマナだったが、それを見つけて嘆きの声を漏らした。

「グリーンハウスが……」

それは、立ち入り禁止の黄色いテープで囲われていた。多面体で造られたガラスのドームはすっかり精彩を失い、ガラスは割れ落ちているところもあり、入口には木板が打ち付けられている。しかしアマナは、これと似た建物の姿を、最近あちこちで見る。表向きには隠されているN国の現実。もはや当初の理想から、この国が離れ始めていることを表すように、今年になってからは国を支えていた名高い企業も、次々と経営不振に陥っている。玄関にボーイの姿がなかったのも変だったが、この有名ホテルも、その例になってしまったようだ。ロウドとここを歩いた時には青々と茂っていた庭の人工植物も、暗闇の中をよく見れば枯れかけている。この様子では、グリーンハウスの中にあった「甘菜」も枯れてしまったか、他の植物と一緒にどこかに売られてしまっただろう。中には何も残っていないだろうとわかっていても、アマナはドームのまわりをまわって、内側に入れる場所を必死で探した。ガラス板が外れていて、子供が通れるぐらいの隙間が空いているのを見つけたアマナはようやく笑顔になると、身を屈めて、そこからグリーンハウスの中に入り込んだ。とたん、懐かしい植物の匂いが鼻をついた。暗がりの中で身を起こして、アマナはグリーンハウスの中を見やった。

「……ヒメジョオン！」

アマナは大きな声をあげた。目の前の信じられない光景に、自分は穴をくぐった瞬間、別の星に来てしまったのではないかと錯覚した。予想どおり、育てられていた植物は全て撤収されて、グリーンハウスの中は空っぽになっていた。が、地面には一面に真っ白なヒメジョオンが咲きほこっていた。穴の開いたガラスの天井からは月光が降り注ぎ、ヒメジョオンの花は、

「ぎんいろ」

輝いている。温室の中の花畑。一歩、踏み込むと、まぶしいぐらいだった。おそらく、全ての花を撤収した後にも、栽培されていたヒメジョオンの根が土に残っていて、繁殖力のあるそれだけが、壊れた温室という程よい環境の中で増えて、ここまで育ってしまったのだろう。アマナはその逞しさに、笑みをこぼした。ハハの庭にもあった、大好きな花。この花に比べて、なんと自分は弱々しいのだろう。この世には、可能性というものが、こんなにも自由に、そしてたくさんあるのに。花に囲まれていると、ヒメジョオンのエネルギーが自分の中にも入ってくるように感じる。白銀の花畑の真ん中に来たアマナは、花の向こうに、見覚えのあるベンチを見つけた。ロウドと語り合った、あのベンチだ。初めて自分だけの名前をもらった場所。胸がしめつけられる思いで見ているうちに、いつの間にか流れてきた雲が月を隠し、グリーンハウスの中は花の白だけをぼんやりと残して、暗くなった。大きな雲はゆっくりと時間をかけて去って、再び月明かりが戻ってきた。さっきまで誰

もいなかったベンチの横に、今は黒い影があった。アマナの心臓がドクンと大きく鳴った。いや、きっと、あれは幻。私の思いが、それを見せているのだ。ここに来るまでの間も、ずっと胸に抱いていた『ＡＧＥ』誌を、アマナはさらに強く握りしめた。その黒い影は、ゆっくりと、こちらに近づいてくる。瞬きをした瞬間に消えてしまうのではと、恐れるようにアマナは息をとめて、影を見つめた。

「……この花は？」

黒い影は、アマナに聞いた。

「ヒメ、ジョオン」

アマナは答えた。

「……ヒメ、ジョオン」

同じように繰り返して、ゆっくりと月光の中に入ってきた影は、その人になった。

「ヒメジョオン。私のハハが、好きだった花」

アマナは、もう幻影には語っていなかった。

「ぼくのパパも、愛していた花」

「もとは、異国から来た花。帰化して、昔は国中に咲いていたといいます。今は、他の花と同じく人工花だけれども」

「でも、逞しい」

ロウドはアマナに返した。瞳を輝かせて、アマナはうなずいた。

「アマナ、長いこと待たせてしまったね」

アマナが握りしめている雑誌に、同じ微笑みをロウドは見つけた。

「全てをそれに書いたよ。私たちが愛しあっていることを皆が知ってる。世界中の人がもう知っている」

「……私のチチも？」

「私も」

穏やかにロウドはうなずいた。

「だから、ぼくはここにいる」

空港で審査官がしぶりながらもパスポートを再度確認すると、ロウドの入国を許可した認証が、届いたところだった。ロウドとアマナのことが世界中に知れ渡った今、それを妨害することは、N国のためにも、そしてムスメのためにも良い結果を生まないことは明らかだと、アマナのチチにも想像できたのだろう。ロウドが勝利して、入国ゲートを出た時、アマナは制度から自由になった。

「ロウド」

互いのまなざしに引き寄せられて、二人は静かに向き合い、手を取りあった。

「グリーンハウスは、壊れてしまいました。『アマナ』も、ここから出て行かなければなりません」

ヒメジョオンのように逞しく、真っ直ぐに生きられれば、もはや色分けされた地図は存在しない。亡き親から、記憶から、出逢った人たちから、それを教わった。

「アマナ、旅に出よう」

自分が生涯愛し、ともに歩み続ける女性を、ロウドは見つめた。アマナの秘めたる逞しさが、ロウドの胸を熱くする。

「幸せになれた時、そこに、ぼくたちの国がある」

ロウドとアマナは天を見上げた。パパの家の天井に貼ってあった星座図のような空。白く輝く花の上で、二人は永遠の愛を誓いあっていた。永遠とは、二人が死ぬまでなどという短いものではなくて、花のように咲いては枯れて、また咲いて、と何世代も繰り返していくような永遠。ロウドとアマナは、天から注がれる永久の愛を、いつまでも感じていた。

初出

アマナ　「GINGER L.」01号（2010 WINTER）
トレニア　「GINGER L.」02号（2011 SPRING）
ナコの木　「GINGER L.」03号（2011 SUMMER）
ヒメジョオン　「GINGER L.」04号（2011 AUTUMN）

〈著者紹介〉
中島たい子　1969年東京生まれ。多摩美術大学卒業。放送作家、脚本家を経て2004年「漢方小説」で第28回すばる文学賞を受賞。ほかの著書に『そろそろくる』『この人と結婚するかも』『結婚小説』『建てて、いい?』『ぐるぐる七福神』がある。

GENTOSHA

LOVE & SYSTEMS
2012年8月25日　第1刷発行

著　者　中島たい子
発行者　見城 徹

発行所　株式会社 幻冬舎
〒151-0051 東京都渋谷区千駄ヶ谷4-9-7

電話:03(5411)6211(編集)
03(5411)6222(営業)
振替:00120-8-767643
印刷・製本所:株式会社 光邦

ISBN978-4-344-02229-4 C0093
幻冬舎ホームページアドレス　http://www.gentosha.co.jp/

この本に関するご意見・ご感想をメールでお寄せいただく場合は、
comment@gentosha.co.jpまで。